마지막 증명

KB138485

이하진 경장편

파트 0

당신은 아실까 모르겠습니다.

어쩌면 다시 돌아오지 못할 여정을 떠나는 순간에
떠오른 것이 하필 당신의 미소였다는 걸. 어째서
첫 만남 때의 그 얼굴이 떠올랐는지는 저도 모르겠습니다.
단 하나 분명한 게 있다면, 그 단편은 우리의
하루하루가 무의미하지 않았다는 증명이겠지요.

끝내 독백으로 남을 것임을 저도 알고 있습니다.
자필로 남기지도 않을 것이며, 어딘가에 녹음을
하지도 않을 한 줌 상념에 불과합니다.
그럼에도 한 자 한 자 늘어놓는 것은 저의
미련 때문이겠지요. 머릿속에서만 떠돌고
휘발할 단상을 굳이 붙잡는 일은 말입니다.

모든 일이 우리의 욕심이자
잘못 때문이라는 걸 알고 있습니다.

그렇기에 지금 그것을 돌이키려 하는지도 모르겠습니다.

이미 벌어진 일을 돌이킬 수 없다면,
더 나쁜 상황이 되는 것만큼은 막아야겠지요.

그러니 필사적으로 기회가 닿는 모든 일을
시도해 보는 수밖에 없었습니다.

한데 당신은 아실까 모르겠습니다.

이 독백조차도 차마 말할 수 없는 본질을
포장하는 변명에 지나지 않는다는 것을.

파트 1

2044.02.27. Sat. PM 03:21 KST

안녕하세요, 백영입니다.

mailto:y_baek@wri.co.kr

죄송합니다. 어제 갑자기 연구소에   ㅌ비
임시 저장을 누른다는 걸 발송을   오늘
알았네요. 음, 별일은 아니었어   기가 심
않아서 연구소 유리창이 조크   출근함
조심하라는 내용이었어요   이 박사
메일을 확인하지 않으셨   없고. 빅
무응답이 다행이라고   이 올   몰랐
새삼스럽네요.

아무튼, 오늘도

San S   ▼ │   U A ▼ │

보

[양 박사님. 그간 잘 지내셨나요?]
2044.02.26. Fri. PM 5:34 KST

백영입니다. 오랜만에 연락드리네요.

뭐, 어차피 답장은 안 올 거라고 생각하지만요. 당신께서는 그때부터 줄곧 그럴 수밖에 없는 상황이잖아요.

그래도 일단 편하게 적어 볼게요. 어차피 귀찮게 격식 차릴 사이도 아니고, 이 메일도 확인 못 하실 거잖아요. 그렇죠?

어젯밤에는 뜬금없이 밤하늘이 빛나면서 대기가 찢어지는 듯한 소리가 나더군요. 그것도 잠시였고, 얼마 지나지 않아 근처에서 질량체가 지면에 강하게 충돌하는 소리가 났죠. 무언가 와장창 깨지는 소리도 났고요. 1층으로 내려가니 뒷마당과 맞닿은 창문이 깨진 채 바람이 휭 불고 있더라고요. 그런데 아시다시피 이런 시대잖아요. 드디어 세상이 망하려나 싶었죠.

파트 1

제가 가평 산다고 말씀드렸던가요? (아마 그랬던 걸로 기억하는데요.) 그 소란이 얼마나 컸던지 전국 뉴스에서 가평군 운석 추락을 언급하더군요. 네, 창문 바깥에서 미처 식지 못한 열기를 뿜어내는 검붉은 물체는 운석이었어요. 우주에서 온 물질이었죠. 이런 시대에 참 별일이네요. 운석 같은 게 지금 떨어져서 무슨 의미인가 싶긴 하지만요.

운석은 제 사유지에 떨어졌어요. 거창하게 말했지만 저희 집 뒷마당에 떨어졌다는 소리죠. 얼마간은 우주국이니 하는 곳에서 와서 한참을 두들기고 캐고 하더니 결국엔 정체 모를 덩어리만 덩그러니 남더라고요. 사유지에 떨어졌으니 이것도 사유 재산이라면서. 그래 봐야 제가 운석에 대해 뭘 알겠어요. 내다 팔면 돈은 꽤 되겠지만 일단 귀찮았어요. 제 성격 아시잖아요. 욕심 없는 거.

이거도 운명이라면 운명이겠다 싶어 뒷마당에 방치해 두고 있었어요. 짧은 기간이었으니 풍화되지도 않고, 몇 달을 그대로 있었죠. 굳이 변화를 찾자면 빗물에 흙먼지와 그을음이 씻겨 내려갔다는 정도겠네요. 그 외엔 정말로, 건드리지도 않았어요. 그럴 생각도 없었고요. 보기보다 무거웠거든요. 고작 그거 하나 구석으로 치우겠다고 중장비를 부르긴 주객이 전도된 것 같은 느낌이고. 아무튼 그래서 그냥 그대로 내버려뒀죠.

그런데 어제 퇴근하면서 보니까 그게… 하. 정말 제가 쓰면서도 이게 무슨 일인가 싶네요. 어제 유독 피곤했거든요. 항의하는 사람들이 연구소 앞에서 집회를 열어서. 늘 있는 일이었지만 그날따라 규모가 크길래, 피해서 나온다고 고생깨나 했죠.

아무튼, 집에 돌아와 보니 그 돌덩이가 쩍, 반으로 갈라져 있는 거예요. 이게 무슨 일인가, 도둑이라도 들었나 싶어 잠깐은 무서웠죠. 근데 겉으로 봐선 돌멩이랑 다를 바 없는 운석을 도둑이 굳이 반으로 쪼갤 이유가 있었을까요?

정말 믿고 싶지 않았지만…. 그건 명백히 스스로 쪼개진 거였어요. 퍽 매끄러운 절단면이 이를 증명했죠. 인위적이었어요, 지극히. 사람이 쪼갰다는 뜻이 아니라, 의도된 단면 같았어요. 외부 충격에 의해 잘린다면 그렇게 깔끔히 깨질 수 없었을 거예요. 결을 따라 깨진 게 아니라, 결에 대해 수직으로 잘린 듯한 단면이 보였거든요. 네, 자연적으로 나올 수 없는 단면이었어요.

이 정도만 해도 충분히 충격적이죠? 그런데 다음 이야기를 들으면 더 기절초풍하실걸요.

Yeong BAEK, PhD
y_baek@wri.co.kr

[안녕하세요, 백영입니다.]
2044.02.27. Sat. PM 03:21 KST

죄송합니다. 어제 갑자기 연구소에서 메일이 오는 바람에 임시 저장을 누른다는 걸 발송을 눌렀나 봐요. 오늘에야 알았네요. 음, 별일은 아니었어요. 집회 분위기가 심상치 않아서 연구소 유리창이 조금 박살 났으니 출근할 때 조심하라는 내용이었어요. 그래도 여전히 박사님께선 제 메일을 확인하지 않으셨네요. 답장도 없고. 박사님의 무응답이 다행이라고 느껴지는 순간이 올 줄은 몰랐어요. 새삼스럽네요.

아무튼, 오늘도 지난 이야기를 이어 말씀드리려 하는데요.
혹시 아보카도 잘라 보신 적 있으세요? 반으로 자르면 씨앗만 한쪽에 박혀 볼록 튀어나와 있잖아요.

그 운석… 돌덩이가 스스로 쪼개졌다고 말씀드렸죠. 그 단면의 가운데에는 조그만 회색질의 정육면체 절반이 뾰족하게 튀어나와 있었어요. 반대편엔 정육면체가 있었던 반쪽이 움푹 파여 있었고요. 마치 아보카도 단면처럼요.

처음엔 결정인가 싶었어요. 근데 위치가 너무 정확

한 중심이었죠. 그리고 결정이라면 주변에도 소결정이 자라나 있어야 했는데, 없었어요.
완벽히 인공적으로 중심에 박아 넣은 모양새였죠. 누군가가, 어떻게든요.

전에 조사 나왔던 우주국에 다시 연락해야 하나 싶었어요. 가이거 계수기를 가져다 대도 방사선 반응은 없었어요. 나뭇가지로 건드려 봐도 멀쩡했죠. 열화상 카메라를 구해 온도를 재 봐도 상온과 같았어요. 어떤 물질인지는 모르겠지만, 반응이 없으니 위험도 없으리라 생각했죠.
보급형 엑스선 투영기로 내부를 봐도 별거 없어 보였어요. 뭔가 복잡하게 얽히고설킨 듯한 구조가 보이긴 했지만…. 내부도 외피와 같은 물질로 이루어져 있었어요. 빛의 투과도가 같았거든요. 외피와 같은 하얀빛. 그러니까, 투영기로 봤을 때요.

그래서 어떻게 됐냐고요?

그 정육면체는 지금 제 책상 위에 있어요. 참새 키링 옆에요.

걱정 마세요. 폭발 장치의 구조는 보이지 않으니까. 아예 전자가 흐를 만한 구조 자체가 관측되지 않아요. 이 정육면체가 전도성 물질이라면 모를까. 그래도 회로 구조가 보이진 않아서 다행이네요. 제가 상상도 못 할 이상한 일은 벌어지지 않겠어요. 혹시 제가 모르는 회로 구조를 그리고 있는 걸까요? 그렇지 않기를 바라야겠는걸요.

오늘은 이만 줄일게요. 아직 해가 밝게 떠 있네요. 좋은 하루 보내세요.

백영 드림.

Yeong BAEK, PhD
y_baek@wri.co.kr

[안녕하세요, 양 박사님.]
2044.03.03. Thu. PM 10:21 KST

그 운석, 아니 정육면체 때문에 메일을 보내는 것도 세
번째네요. 여전히 제 메일은 확인하시지 않고요. 어쩔
수 없죠. 당연한 일이라는 걸 알아요. 제가 왜 이러고
있는지도 모르겠어요. 근데 운석이잖아요. 외계에서
왔을지도 몰라요. 그리고 정말 어쩌면, 그 대공 너머에
서…. 이건 너무 제 욕심일까요? 어쩔 수 없이 양 박사
님 생각이 났어요.

일단 그 정육면체에 이름을 붙여 봤어요. 상자.
별로라고 생각하실지 모르겠지만 간단하니 좋잖아요?

상자의 한 변은 10cm 안팎이에요. 충분히 단단한 회색
금속 외피로 둘러싸여 있고, 투영기에 뜬 광투과도로
미루어 보아 내부 역시 외피와 같은 물질로 이루어진
것 같아요. 그리고 마주 보는 두 면의 중심에 작은 구멍
이 하나씩 있어요. 같은 크기로요. 깊이는 모르겠어요.
구멍이 너무 작아서 볼 수가 없거든요. 하지만 투영기
로 외피의 두께를 봤을 때 구멍 역시 많이 깊어 보이진
않았어요. 내부와 연결된 것 같아요.
송곳이 들어갈 것 같진 않은데, 샤프심은 들어가는
정도의 직경이에요. 이 구멍의 목적을 당최 모르겠
네요.

파트 1

그런데 진짜 문제는 그게 아니에요. 구멍은 사소한 거고요.

상자의 외피가 충분히 두꺼워서 샘플을 취할 수 있었어요. 그리고 간이 구조 분석기에 넣었죠. 단일 물질로 이루어져 있다는 결과가 먼저 떴어요. 그리고 원소 분석 결과가 떴죠. 질량수까지 파악할 수는 없는 간이 모델이라 원자번호만 추정할 수 있을 뿐이었지만.

하여튼 그게 뭐였는지 짐작이 가세요?
원자번호 91번. 프로탁티늄이었어요.

제가 어쨌을 것 같아요? 당장 자리에서 벗어나 집 바깥으로 뛰쳐나갔죠. 그런데 정신없이 피폭을 걱정하고 있자니 이상하더라고요. 가이거 계수기는 분명 책상 옆에 바로 놓여 있었어요. 프로탁티늄은 어떤 동위원소도 안정하지 않잖아요. 그게 어떤 동위원소든 간에, 일단 프로탁티늄이라면 방사선을 내뿜고 계수기가 반응해야 정상이라고요. 그런데 계수기는 조용했어요. 처음 발견했을 때부터 지금까지 계속. 혹시 고장 난 건가 싶어 차폐해 둔 '진짜 방사성 동위원소'인 우라늄-235 샘플에 가져다 댔을 땐 또 요란하게도 울리더군요.

양 박사님, 정말 인정하기 싫었습니다.
그 상자는 붕괴하지 않는 프로탁티늄으로 만들어져

있었어요.
차라리 새로운 안정 동위원소라고 믿고 싶었지만,
그게 가능한가요? 양성자 수가 이만큼 큰 원소들은
안정한 핵을 가질 수 없다고요. 마치 눈속임 없이 물
이 거꾸로 흐르는 것만큼이나 말도 안 되는 일이라
고요.

심지어 프로탁티늄은 자연계에서 이렇게 순수하게
다량으로 발견되지 않잖아요.
이게… 있을 수 있는 일인가요?

Yeong BAEK, PhD
y_baek@wri.co.kr

"아, 본가는 가평이에요."

백영은 술기운 때문에 발그레한 얼굴로 테이블에 착석한 모두에게 말했다.

"가평? 작년 여름에 갔었는데."
"가평이 또 여름 휴양지로 유명하지 않습니까!"
"그럼 집이 리조트 같은 거 해요?"
"에이, 아뇨. 그냥 평범한 집이에요. 아버지랑 어머니랑 사업하시고."
"부잣집이네!"
"그냥 쫌쫌따리 벌어요."

백영은 손사래를 치며 대답했다.

"그럼 외동?"
"네."

가벼운 가십거리가 오가며 연구실의 회식 자리가 한창 무르익었다. 술집이 즐비한 대학가 한복판의 '감성 있고 어둡게, 형광등보다는 무드등과 네온사인 따위로 꾸며진 곳'에서 모두가 싸구려 안주와 소주나 맥주를 들이켜며 분위기가 풀어진 직후였다.

"그럼 서아 씨 본가는 어디예요?"

백영은 자연스럽게 대화의 흐름을 옆자리에 조용히 앉아 있던 동기, 양서아에게로 이어 나갔다.

"네? 아, 저요? 광주광역시요."

"어, 저희 할머니가 광주 사시는데!"

양서아는 이런 자리가 익숙지 않은 듯 어깨를 움츠린 채 소극적으로 대답했다. 백영은 양서아에게 그럴 필요 없다는 듯 과장된 맞장구로 응했다.

"아…. 그렇군요."

"지금도 종종 가요. 광주 어디 쪽 사세요?"

"아, 하남동이요."

"엥, 저희 할머니 흑석동 사시는데. 바로 옆이네요! 나중에 한번 봬요!"

양서아의 반응은 떨떠름했다. 백영은 약간 당황했지만 나름대로 친밀감을 표했다. 하지만 양서아는 고개를 끄덕일 뿐이었고 그마저도 그다지 진심으로 보이진 않았다.

영 친해지기 어려운 사람이었다, 양서아는.

올해 3월 같은 연구실에 입학한 동기였음에도 특유의 붙임성 없는 성격 때문인지 말 붙이기조차 꽤 까다로웠다. 어쩌다 대화를 시작해도 핑퐁이 제대로 이뤄지지 않는 어려운 사람이었다. 그래도 사람 좋아하는 백영으로선 양서아를 싫어할 수 없었고, 5월이 되도록 노력한 결과가 이 상태였다.

그러니까, 이마저도 처음보다는 나은 편이었다. 처음엔 아예 못 들은 척 눈을 마주치지도 않곤 했으

파트 1

니. 대체 대학원 입학 면접은 어떻게 본 건가 싶을 정도였다.

"아, 담배 피우시죠? 저 지금 피우러 나갈 건데 같이 가실래요?"

"아뇨. 저 안 피워요."

양서아는 코끝을 한 번 긁듯이 만졌다. 저번에 피우는 거 다 봤는데.

그렇게나 치근댔던 노력이 무색하게도 양서아와의 거리는 좀처럼 좁혀지지 않았다. 사무적인 일이야 그나마 수월하게 대화할 수 있었지만 사적인 측면에서는 석사 과정을 마칠 때가 되어서도 처음 만났을 때와 별 차이가 없는 듯했다.

석사 과정을 백영보다 한 학기 빨리 졸업한 양서아는 박사 과정을 위해 다른 학교로 적을 옮겼다. 백영은 그대로 양서아가 떠난 연구실에 남았다. 마치 도전 과제처럼 그와의 친분을 얻기 위해 분투해 왔는데, 그 목표가 한순간에 사라지자 생각 이상으로 허전했다.

그럼에도 생각해 보면, 양서아는 항상 백영 자신의 장난을 묵묵히 받아 주고 있었다.

양서아가 별 반응을 보이지 않아도 백영이 적극적으로 다가갈 수 있었던 이유였을지도 모르겠다. 늘 코끝을 만지며 거짓말로 자리를 피할지라도 그의 표정은 언제나 '당황'이었지 '불쾌'는 아니었으니까. 어째서 당황이었는지는 알 수 없었으나 당장 백영에게 와닿는 감정은 아쉬움이었다. 시간이 더 있었다면 친해질 수 있었을지도 몰랐는데. 연락처는 있었으나, 종종 연락하겠다고 말했으나, 어쩐지 문자로 보는 그 사람은 너무 굳어 있어서, 박사 과정을 시작한 백영은 하루가 지나고 몇 주가 지나고 몇 달이 지나도 섣불리 양서아에게 연락할 엄두를 낼 수 없었다.

그사이 백영의 곁에는 수많은 다른 인연들이 스쳤고 그 흐름에 따라 양서아는 먼 옛날의 동기 중 한 명으로 점차 흐릿해져 갔다. 양서아를 다시 만난 건 박사 학위를 받고 나서도 한참이 흘러, 박사 후 연구원 과정을 끝내고 제대로 된 첫 직장에 처음 발을 내디뎠을 때였다.

"어?"

백영은 놀라는 양서아의 얼굴에서 익숙한 당황을 읽었다. 그 당황이 너무 반가워서, 백영은 웃음을 터뜨리고 말았다.

비웃으려던 의도가 아니었다고 사족을 덧붙인 후에야 양서아의 얼굴에 서렸던 짙은 당황의 농도는 옅어졌다. 희석되었을 뿐 사라지지는 않은 채였다. 오랜만에 만난 양서아는 여전히 '반가움적 당황'을 표하며 외계 문명을 연구하고 있다고 했다.

"그리고…. 큰 프로젝트 하나 하고 있어요."

이전보다 어눌함이 걸린 그의 말투는 어쩐지 낯설어서 마치 양서아가 아닌 다른 사람이 말하는 것처럼 들렸다. 그럼에도 감춰지지 않는 표정은 그 본질이 동일한 사람임을 증명하는 것만 같았다.

"그거 혹시 퍼스트 콘택트 프로젝트예요?"
"어떻게 아셨어요?"
"맞구나! 저도 그쪽으로 배치될 것 같아서요. 반갑네요."
"그럼 여전히 웜홀 연구하세요?"
"네! 양자 요동에 의한 웜홀 생성과 위상 물질을 이용한 유지 같은 것들이요. 특히 후자."
"그렇군요."

양서아는 여전한 무표정으로 복도를 걸어가며 답했다. 아, 이어지지 않는 대화의 끊김이 이렇게 반가울 줄은. 아니, 그 모습은 경직된 것처럼 보이기도 했다. 그는 늘 그랬다. 사람이 곁에 있으면 과하게 굳어 버리곤 했다.

"아, 지금 어디 가시던 참이었어요? 저는 세미나 가는 중이었는데."
"저도 세미나요."
"어떤?"
"그 퍼스트 콘택트…."

"어?"

코끝을 긁지 않는 모양을 보니 사실인 것 같았다.

"같이 가요, 저도 그건데. 전 이게 여기 첫 세미나 거든요. 보통 가서 뭐 해요?"

양서아는 잠시 생각하는 듯한 표정을 짓더니 보통의 세미나와 별다를 게 없다고 답해 주었다. 특유의 당황 섞인 무표정으로. 백영은 그 변함없음에 다행이라고 답했다.

[안녕하세요, 양 박사님.]

2044.03.11. Fri. AM 07:38 KST

제대로 된 구조 분석기를 구해서 원소의 질량수까지 알아내 봤어요. 235짜리로 100%였어요. 시료 기준으로요. 질량수가 231보다 큰 프로탁티늄은 베타 마이너스 붕괴를 통해 우라늄-235가 되어요. 핵연료로 쓰는 그 우라늄이요. 그런데도 가이거 계수기는 조용했어요. 점점 더 현실을 믿을 수 없더군요. 혹시 몰라 새로운 가이거 계수기를 구해 봤는데요, 이제 제 책상에는 한 쌍의 조용한 계수기가 있을 뿐이네요. 우주에서 온 프로탁티늄 상자하고요.

분석기가 잘못된 건 아닌가 몇 번이고 의심했어요. 연필심을 갈아다 넣고 탄소와 약간의 불순물이라는 결과를 일곱 번쯤 보았을 때 인정했어요. 분석기는 잘못이 없었어요. 제가 결과를 잘못 읽은 것도 아니었고요. 잘못된 건 저 상자였죠. 세상에, 붕괴하지 않는 방사성 핵종으로 이루어진 상자라니. 그런 물성이 존재할 수 있는 거라니. 웜홀 기술 같은 게 실현된 시대에도 이런 건 불가능하다고요.
(그러고 보니 양 박사님께선 불가능이란 말을 그다지 안 좋아하셨죠.)

이 이상 물성을 의심하는 건 아무 의미가 없었어요.

아무튼 저게 프로탁티늄이고, 왠지는 모르겠지만 안정하다면 당장 위험할 건 없는 거겠죠. 아무리 뒤숭숭해도 할 수 있는 게 없었어요. 저는 일단 계수기와 분석기를 책상에서 치웠어요. 이 이상 필요는 없겠죠.

그렇다면 저 수수께끼의 구멍을 어떻게든 들여다봐야겠어요. 다행인 건 양 박사님이 없는 동안 탐사의 영역이 보다 넓어졌다는 거예요. 대파멸 같은 일이 있었는데도 말이죠. 어찌 됐건 살아남은 사람은…
아니에요.
어쨌든, 거시적인 스케일이 아니라, 미시적인 스케일로 말이에요. 기술의 발전이 반드시 거대한 방향으로 향하는 건 아니죠. 중시계[1] 스케일의 미세 탐사 로봇, 들어 봤어요?
(뭐, 샤프심 직경보다 크다면 충분히 거시적인 스케일이지만 말이에요.)

제 직감이 속삭이고 있어요. 투영기로 봤을 때 반짝이던 선들의 집합이 이상하다고. 투영기의 최소 해상도는 10μm 스케일이거든요. 그것보다 작아서 가늘게 반짝이는 구조라고요. 이건 충분히 거시적이면서, 미시적이에요.

네, 대충 어림잡아 중시계죠.

1) Mesoscopic. 양자역학이 지배적인 미시계(Microscopic)와 고전역학이 지배적인 거시계(Macroscopic) 사이의 스케일을 이르는 말.

나노 로봇이야 익숙하실 거예요. 이건 몇십 년도 더 된 분야이니. 하지만 나노 로봇을 통틀어 미세 로봇이라 불렸던 것들은 단순한 임무를 수행하는 데에서 그쳤어요. 그저 움직이는 게 전부였죠. 아니면 '로봇'이라 부르기 무안할 정도로 단순한 구조거나요.

제가 말씀드리려는 것은 진짜 '로봇'입니다. 카메라와 센서가 달려 있고, 원격 조종이 가능하며 그에 따른 간단한 동작을 수행 가능한 전자 및 기계공학의 산물이요.

중시 미세 탐사 로봇은 100nm, 그러니까 $0.1\mu m$ 안팎의 크기로 2040년대 들어 중시계 영역으로 들어선 전자 소자의 수리를 위해 고안된 로봇이에요. 고작 수소 원자보다 1000배 정도 크죠. 엔지니어가 로봇을 통해 소자를 탐사하고, 조종하여 직접 수리하기 위한 고정밀의 작업을 수행하는 로봇이에요.

이런, 꼭 설레면 과외 뛰던 시절 버릇이 나와 버리네요. 줄줄 설명하는 거요. 그래도 이왕 들떴으니까 조금만 들어 주세요. 사실 조금 무섭기도 하거든요. 이게 정말 대공에서 왔다면요.

어쨌거나 핵심은 중시계 환경 속에서도 이 녀석만큼은 고전역학적 존재 확률을 유지한다는 거예요. 뭐, 양자 어쩌고 통신 덕분이랬나. 자세히는 모르겠네요. 저는 양 박사님의 대학원 동기라 그쪽 분야엔 무지하니까요. 어차피 우리가 모든 기술을 알고 쓰는 건 아니잖아요.

와, 그러고 보니 양 박사님도 양자역학도 같은 양 씨인데 접점이 없다는 건 좀 놀랍네요.
죄송해요. 꼭 쳐 보고 싶었던 농담이었어요.

어쨌든, 그걸로 상자의 구멍에 들어가 보려 해요. 내부를 탐사해 보려고요. 그 상자에 남은 미지라곤 그것밖에 없으니까요.

어쩌면 박사님이 바라던 '외계 문명' 같은 걸 관찰할 수 있을지도 모르겠네요. 그 편린이거나.
미시적인 외계 문명이라니, 재밌지 않아요?

Yeong BAEK, PhD
y_baek@wri.co.kr

대뜸 무슨 헛소리냐고 생각하시겠죠. 분명 내부 구조를 탐사하러 간다고 해 놓곤 무슨 근거로 이런 소리 지껄이는 건지 난감하시겠죠.

아뇨, 이건 확실해요. 대기권과 확실히 마찰하며 냈던 그 소리와, 저희 집 유리창을 깨부순 충격파로 볼 때 이건 우주에서 온 게 확실해요. 그런데 이상한 곳에서 온 것 같다는 건 무슨 소리냐면요. 정말 어쩌면 대공, 아니… 아니에요. 확신할 수 없으니까요. 죄송해요. 너무 혼란스러워서 글이 자꾸 흩어지네요. 다시 천천히 말씀드릴게요.

중시 미세 탐사 로봇… 앞으론 그냥 로봇이라 부를게요. 아무튼 로봇을 배송받자마자 그걸 들고 상자 앞에 앉았어요.
로봇은 화학 비활성 액체가 담긴 마이크로튜브 속에 담겨 있더군요. 너무 작으니까 잡아서 옮길 순 없으니, 그 액체 전부를 타깃에 주입하는 방식으로 사용하거든요. 조작부를 이용해 신호를 내보내면 액체에 들어 있는 휘발성 나노 원자가 로봇의 신호에 공명해서 색이 바뀌어요. 그걸로 로봇이 제대로 주입

됐는지, 어디에 있는지, 튜브 속 물방울에 남아 있진 않은지 확인할 수 있는 거죠.

저는 집에 있는 가장 뾰족한 피펫 팁을 피펫에 꽂고, 마이크로튜브 안의 액체를 상자의 구멍으로 주입했어요. 아, 반응성은 걱정하지 마세요. 화학 비활성 액체기도 하고 외피에 미리 테스트도 해 봤거든요. 신호를 보내니 마이크로튜브와 피펫 팁에 남은 물방울에는 색 변화가 없었어요. 로봇이 상자 안에 성공적으로 주입된 거죠.

조작부의 디스플레이를 큰 모니터에 연결했어요. 그리고 전원을 켜니까요, 우와.

저는 중시계가 그렇게 아름다울 줄은 몰랐어요. 흑백 화면인데도 충분히 멋졌어요. 예전에 이걸로 반도체 표면을 봤을 땐 이렇게까지 수려하진 않았는데. 미지의 세계는 원래 경이로운 법이라지만 이건 경이라는 단어가 모자랄 지경이더군요. 조작을 익히는 데 조금 애먹었어요. 분명 조작했는데 아무 반응도 없고, 로봇이 뒤집혀 있는 걸 알아채고 다시 되돌리기까지 40분이나 걸렸어요. 하긴 저는 운전면허 따는 것도 힘들었고, 워프 드라이브 면허나 근우주 탐사선 면허도 없잖아요? 그러고 보니 양 박사님은 그런 것들을 죄다 식은 죽 먹듯 해내셨죠. 도로 주행 네 번 떨어졌다고 말했을 때 박사님 표정이 아직도 기억나요. 아무튼.

거시계와 미시계가 공존하는 중시계에서는 모든 행동이 조심스러웠어요. 특히 이 로봇을 사용할 때는 더욱요.
특수한 통신으로 인해 로봇의 근처 주변에는 물질의 존재 확률이 고정돼요. 그로 인해 중시 영역의 전자 소자를 수리할 수 있는 거고요.
한 발짝 내디딜 때마다 지면이 생겨나는 느낌이었어요. 동시에 한 걸음을 뗄 때마다 지면이 사라지는 것 같았죠. 그럼에도 분명히 지면은 존재한다는 걸 알 수 있었어요. 로봇이 디딜 수 있는 상자의 내면은 확실히 존재했어요….
으, 얘길 꺼낸 건 저지만 양자역학의 존재론적 논의는 이제 지겨우니까 더 하지 않도록 해요. 저도 그만할게요. 머리 아프니까요.

그런데 문득 생각난 건데요, 이런 걸 교육용으로 보고 자란 세대는 양자역학이 그만큼 익숙하겠죠? 이건 조금 부럽네요. 새로운 인지 체계를 습득한 채 자라는 거잖아요. 요즘 물리학과 오는 애들은 양자역학에서 고생 좀 덜하겠어요. 나라 몇 개가 증발한 이런 가망 없는 세상에 누가 물리학 같은 걸 하려 들지는 모르겠지만. 아니, 물리학은 고사하고 학문의 가치가 더 이상 존재하기는 할까요?
네, 그냥 그렇다고요. 시간은 흐르고 세상은 바뀌니

후손들이 더 좋은 환경에서 살아가는 건 지극히 당연한 수순이겠죠. 먼저 어른 된 자로서 더 좋은 세상을 만드는 것도 마땅해야 하고요.

제가 이런 말을 할 자격은 없다고 생각하지만요.
하지만 어쩔 수 없는 일이었잖아요…?
뭐, 잡소리는 이쯤하고. 다시 내부 이야기나 해 볼게요.

보석은 시야각에 따라 빛을 굴절시키며 다른 광학적 모습을 보이잖아요. 내부가 딱 그런 모습이었어요. 빛이… 그러니까 제 탐사 로봇이 보여 주는 화면은, 로봇이 낸 빛을 상자 내부가 반사시켜 보여 주는 거잖아요?
내부에서는 빛들이 마구잡이로, 사방으로 산란하고 있었어요. 완전히 미시적인 세계였죠. 고정되어 확정된 것이라곤 제 로봇뿐이고, 내부의 모든 구조들이 중첩되어 존재하면서, 빛들이 번질 수 있는 모든 경로로 번져 나가는 그런. 제 로봇이 저가형 모델이라 광자 하나의 경로를 추적할 수 없다는 게 한이었을 정도였다니까요.
한 마디로, 기묘했어요. 딱 봐도 우리 과학 수준으로는 불가능한 모습이었죠.
중첩의 문제가 아니라, 무언가 형태가 있었어요. 무엇인지 분간할 수는 없어도 의도한 형태가 있어 보였어요. 그게 현시점에서 너무나 기묘하고, 아득해 보였죠.

파트 1

게다가 원자가 공중에 떠 있었어요. 로봇보다 1000배 작아서 분간하기 어려웠지만, 공중에 선명히 떠 있는 그것들은 분명 원자였어요. 모든 것이 중첩된 그 공간 속에서 그 공중 원자들만은 제자리를 지키고 있었죠. 이해할 수 없었어요. 원자라면 미시계의 일원으로서 양자역학의 지배를 더 강력히 받아야 하는 게 아닌가요?

더 놀라운 건, 그 공중 원자가 시야에 들어오자마자 기다렸다는 듯이 정해진 방향으로 무언가를 쏘는 게 보이더군요. 처음엔 빛이 굴절된 줄 알았어요. 그런데 더 가까이 다가가니까 조작부가 난데없이 전하 주의를 내보내더라고요.

그건 전자빔이었어요. 광전 효과요. 공중에 떠 있는 금속 원자들만이 로봇의 빛에 광전 효과를 일으키면서 빛 알갱이에 부딪혀 나온 전자들을 한 경로로 내뿜고 있었어요. 중요하니까 다시 말할게요. 한 경로로, 그것도 전자살이 보일 정도로 집약된 채로. …상자 안의 물리법칙은 정말이지 제멋대로였어요. 물리법칙을 인위적으로 재구성할 수 있다면 마치 이런 모습이었을 거예요.

한 원자에서 시작한 전자살은 또 다른 공중 원자로 뻗어 나갔어요. 마치 계산하여 의도한 듯 말이에요. 그렇게 전자살이 다시 전자살을 만들고, 무수한 직선의 연쇄가 상자 내부에서 무한히 이어졌어요. 끝을 모를 정도로요.

투영기에 보였던 반짝임은 거미줄처럼 엉긴 선의 구조가 너무 가늘어 점처럼 반짝여 보이는 거라고 생각했어요. 그런데… 진짜 점이었어요. 공중에 떠 있는 점이자요. 그것도 모든 점이 서로를 향해 완벽한 경로로 전자살을 발사하는… 광전 효과로 연결되는….

그것들은 마치 우주 공간에 떠 있는 별 같았어요. 상자 안의 우주.

그 말이 딱 어울리네요. 게다가 혼재된 확률로 혼란스러운 배경이 마치 우주의 심원감을 더하는 것 같았어요. 그 무한한 경이를 구현한 것 같았어요.

그게 이 상자의 목표였을까요? 작은 상자에 무한한 우주를 담는다?
맞는다면, 적어도 그 목표는 성공적으로 달성한 거라고 확언할 수 있어요.

다시 말하지만 우리 지구에서는 이런 짓 못 해요. 이 외계 상자는 어쩌다 지구로 떨어진 걸까요?

아, 외계라니까 자꾸만 양 박사님을 의심하게 되네

파트 1

요. 저는 이게 대공을 통과해 왔을지가 가장 궁금해요. 아니길 바라면서도 그러길 바라고 있네요. 저도 지금 뭘 원하는지 모르겠어요.

그냥 양 박사님 생각이 너무 나서요.

그러니 답장 기다릴게요.
백영 드림.

Yeong BAEK, PhD
y_baek@wri.co.kr
----

*

　퍼스트 콘택트. 외계 문명과의 첫 만남을 다루는 SF의 장르명.

　동시에 그것은 백영과 양서아가 참여하는 프로젝트의 이름이기도 했다.

　퍼스트 콘택트 프로젝트는 초 거대 질량 블랙홀 하말리우스(Hamalius) 인근 행성계에 외계 문명이 존재한다는 유력한 증거가 관측된 것을 계기로, 바로 그 문명과 '어떻게든' 조우하고자 하는 프로젝트였다.

　언젠가 우리의 존재를 알아봐 주길 바라며 우주로 쏘아 올린 어떤 전파에 대한 회신이 우리에게 도착한 날, 지구는 미지의 존재에 환호하며 그들을 환영했다. 우리는 드넓은 우주에서 더 이상 외롭지 않음에 기뻐했으며 하루하루를 그들과의 만남에 대한 부푼 기대로 보냈다.

　사람들은 외계인에 대한 온갖 천진난만한 추측을 늘어놓으며 들뜨곤 했다. 사실 이 프로젝트는 아직도 현재진행형이라, 당장 어제만 해도 저녁 뉴스에서는 외계 행성의 환경을 고려한 새로운 외계인의 예상 홀로그램 따위가 소개되었다.

　"실감이 안 나요. 우리 세대가 외계 문명과 접촉

파트 1

하는 첫 세대가 될지도 모른다는 게."

백영은 세미나를 마친 뒤 상기된 표정으로 양서아에게 말했다. 양서아는 학습된 듯한 반사적인 옅은 웃음과 함께 고개를 끄덕이며 복도를 앞서 걸어갔다.

"양 박사님은 저보다 먼저 참여하고 계셨던 거죠? 어때요?"

백영은 설레는 말투로 물었고 양서아는 평소와 같은 건조한 말투로 답했다.

"재밌어요."

그럼에도 백영은 그 양서아의 입에서 재밌다는 반응이 나왔다는 것에 흥분했다. 그리고 살짝 올라간 그의 입꼬리가 무엇보다 낯설면서도 두근거리게 다가왔다. 더는 코끝을 긁지 않는 모습에서 느껴진 진실성도.

"아, 그리고 이건 물어보고 싶었던 건데요."

백영이 말하자 양서아는 말없이 눈빛으로 답했다. 마치 고개를 끄덕인 것만 같다.

"양 박사님은 왜 이런 걸 좋아하게 되셨어요?"

양서아의 눈빛에 당황이 스쳤다. 조금 더 적확한 표현으로 대화할 필요가 있는 사람이었음을 잠시 잊고 있었다.

"아니, 그. 이런 거랄까, 외계 행성이나 퍼스트 콘택트 프로젝트라든가요. 제가 말하긴 그렇지만, 그렇게 주류인 분야는 아니잖아요. 생소하기도 하고. 좋아한다는 말도 뭐, 너무 거창한데…. 좋아한다기보단, 관심 있는 이유라든가요."

"아."

아직 당황한 기색이 남아 있는 양서아는 오른손의 검지와 엄지를 문질렀다. 양서아의 오랜 습관이었다. 생각할 만한 일이 생기면 잠시 말을 멈추고 손가락 끝을 비비는. 백영은 오랜만에 보는 그의 습관이 여전하다는 사실에서 약간의 반가움을 느꼈다.

"언젠가 말해 줄게요."

그리고 양서아는 들릴 듯 말 듯 작게 한 마디를 덧붙였다. 백영이 읽은 입술의 모양은 "부끄러워서…." 같았다. 부끄러움과는 전혀 어울리지 않는 사람 같았는데, 아닐지도.

8할은 로봇의 스캐닝 시스템이 해냈죠. 제가 한 건 그저 공중 원자가 내뿜는 전자살을 건드리지 않으면서 한 면을 뽈뽈뽈 돌아다니도록 조작하고 모인 데이터를 수합한 일밖에 없어요.

지도라고 해 봤자 복잡한 것도 없어서 높이 데이터에 불과하지만요. 100Å$^{2)}$ 크기의 높이가 다른 정사각형 타일이 반복되더군요. 그래서 높이만 빼내어 봤죠. 높이를 상댓값으로 변환한 뒤 혹시나 하는 마음으로 규칙을 가진 순서 배열을 계속해서 생성하고 적용시켜 보았어요.
그랬더니 가장 바깥쪽 한 타일로부터 안쪽으로 반시계 방향 소용돌이를 그리는 순서의 배열에서 놀라운 값이 나왔어요.

단위는 달랐지만, 그 배열은 플랑크 상수와 같았죠. 네, 기본 상수요.

저는 그 결과를 보고 소리를 지를 수밖에 없었어요. 그래서 이 메일을 급히 적게 되었죠.
이게 정말 외계에서 만들어졌다면, 그들은 충분히 고도화된 문명과 과학기술을 가지고 있어요. 아니지, 충분한 정도가 아니에요. 그들은 우리를 넘어섰어요. 지구까지 운석의 경로를 조정하여 보낼 수 있을 정도라면, 붕괴하지 않는 프로탁티늄이나 집약된 전자살 같은 이상한 물리 현상을 구현할 정도라면….

자꾸 그들의 새로운 회신 같은 거라고 생각하게 되네요. 혹은… 양 박사님이라든가.
아니에요. 모르겠어요. 저는 제발 어느 쪽이든 아니었으면 좋겠어요.

아무튼, 어쩌면 이게 외계 문명과의 첫 접촉일지도 몰라요. 양 박사님.
양 박사님이 고대하던 거잖아요.
보고 있다면 제발 답장 좀 해 봐요. 같이 볼 수 있으면 좋을 텐데.

Yeong BAEK, PhD
y_baek@wri.co.kr

---

2) 옹스트롬. 1Å=10^{-10}m=0.1nm.

*

"내일이었죠? 설레네요."

"하말리우스로 향하는 웜홀 개방이라면, 네."

백영은 상기된 표정으로 하루하루를 지냈고 틈날 때마다 양서아에게 자신의 기대감을 내비치곤 했다. 그때마다 돌아오는 다소 딱딱한 대답이 오히려 백영에게는, 왜인지는 모르겠으나 모든 것이 옳게 돌아가고 있다는 확인이자 안도감이 되어 주었으므로. 모든 것이 뒤바뀐 환경에서 유일하게 익숙한 것이어서 그랬는지는 모르지만, 익숙한 것이란 곧 그리운 것이었으며 즐거운 것이었다. 프로젝트의 실행을 앞두고 꽤나 살인적인 일정을 강행하는 연구소 생활 속에서 백영에게 양서아라는 익숙한 존재는 단 하나의 안식처럼 느껴졌을 터였다.

"그런데, 아까는 왜 울고 계셨던 거예요?"

그때 양서아가 갑자기 백영에게 당혹스러운 질문을 던졌다. 백영은 갑작스러운 질문에 맥락을 따라잡지 못한 채 기억을 헤집었으나 근 몇 달 동안은 딱히 눈물을 흘린 적도 없었다.

"너무 서럽게 울면서 뜬금없는 질문도 하시길래…. 지금은 괜찮아 보여서."

양서아의 표정으로 보아 장난은 아닌 것 같았다.

드물게 진심으로 걱정하는 듯한 모습을 보이는 양서아의 태도에 백영은 당황하며 웃음으로 얼버무렸다.

"에이, 다른 사람이랑 착각한 거겠죠! 제가 쉽게 울 만한 사람으로 보이진 않잖아요."

양서아가 그렇게나 어울리지 않는 표정을 지어 보이는 건 처음이었다. 대체 무슨 일인지 백영은 짐작조차 할 수 없었다. 그렇게 닮은 사람이 있었나 싶기도 했고, 자신이 그렇게 서러울 일을 유추할 수 없었다. 양서아는 조금 찝찝한 듯 고개를 끄덕이며 백영의 답을 수긍하는 것처럼 보였다. 백영은 그런 양서아를 바라보며 괜스레 뒷목을 손으로 쓸었다. 기이한 일이었다.

"올해의 노벨 물리학상은 카시미르 효과에 연관된 양자 중력론을 제시한…"

2030년대 말 즈음이었을까, 그때의 물리학계는 유독 시끄러웠다. 모든 것의 이론(Theory of Everything, TOE)을 완성할 양자 중력론의 핵심적인 가설이 마침내 증명되어 곧바로 노벨상을 수상한 일 때문이었다. 양자 중력론의 완성은 TOE뿐만 아니라 우리의 과학기술 자체를 진일보시켰다. 웜홀을 만들고 유지시킬 수 있는 '위상 물질'의 발명으로 이어졌기 때문이었다. 백영은 마침 웜홀에 대해 공부하고 있었고, 우연한 계기로 위상 물질을 연구하는 길로 접어들 수 있었다. 그렇게 인류는 마침내 손에 얻은 웜홀 기술을 통해 태양계 너머의 시공간으로 나아갈 수 있게 되었다. 웜홀을 이용한 시간 여행의 가능성도 제기되는 등 비로소 우주 시대에 대한 로망이 현실화된 것이었다. 보다 큰 것이 보다 작은 것이 되었으며 보다 멀리 존재하는 것들은 보다 가까이 존재하는 것이 되었다. 아득했던 몽상들이 손만 뻗으면 닿을 수 있는 거리에 아른거리고 있었다. 광속이라는 한계로 우리를 태양계에 묶어 두었던 무한의 시공간이 어느덧 유한이 되어 인류를 환영했다.

그리고 머잖아 시기 좋게도, 먼 옛날 외계를 향해 보냈던 전파에 대한 회신이 지구로 도착했다. 그날 어느 과학자는 이렇게 말했다. "우리는 더 이상 외로운 존재가 아닙니다." 그 한 마디는 접촉에 대한 열망에 불을 지폈다. 인류는 이제 더 먼 시공간을 나아갈 수 있었고, 그들을 만날 수 있었다.

그 회신에 인류가 열광한 이유는 그뿐만이 아니었다. 회신된 전파는 분석 결과 특정한 방법을 통해 왜곡된 파형을 지니고 있었다. 일정하지만 강한 강도로. 원래의 파형을 매끄러운 코사인 함수에 비유하자면, 왜곡된 파형은 마치 날카로운 바이어슈트라스 함수(Weierstrass Function) 같았다. 혹자가 이것을 찌그러진 모양이라고 묘사한 것으로부터 한동안은 '찌그러진 편지' 같은 표현이 유행하기도 했다.

이 찌그러진 모양은 회신 전파가 웜홀을 통과했으며, 반대편의 문명이 최소한 웜홀을 이용 가능한 수준의 문명임을 강력히 지지하는 증거가 되었다. 몇몇은 그 답신의 내용으로부터 그들의 문명이 우리를 초월한 수준으로 발전했음을 추측하기도 했다.

어쨌거나, 내일이면 우리는 그들을 만날 수 있을 것이다.

[오늘은 별거 없네요.]

2044.03.17. Thu. PM 08:27 KST

새로운 면을 탐사하면서 이 인위적인 원자 우주를 계속해서 바라보고 있어요.

이건 아무리 봐도 아름답네요.

그 어떤 조각품도 이 근본적인 숭고를 담은 아름다움을 초월할 수 없을 거예요. 확신해요.

별거 없다고 했지만, 분명 제가 뭘 봐도 그 수려함에 비하면 초라하고 덧없이 느꼈을 게 틀림없어요. 그래서 그렇게 여겼을 거예요. 실제로도 그 작은 우주 말고는 뭘 봤는지 기억도 안 나네요.

기껏 해 봐야 전자살? 전자살도 참 아름답죠. 마치 별자리가 이어진 것처럼 보이기도 해요.

이건 세상에서 가장 작은 경이예요.

한 줌 크기로 온 우주를 모사했어요. 여태껏 이런 물건은 없었다고요.

저는 상자를 탐사하는 순간마다 황홀감에 빠져요.

양 박사님도 봤다면 분명 좋아했을 텐데.

양 박사님.

아직도 그날의 꿈을 꾸곤 해요.

아니다, 이 얘기는 안 할래요. 어차피 원망한다고 바뀌는 것도 없잖아요.

이미 벌어진 일을 되돌릴 수 없는 것처럼. 그런 일은

어떻게 책임져야 하는 걸까요? 저는 모르겠어요.

마냥 현실을 마주하기도 어렵네요. 이 경이와 대비되는 현실이 너무 괴로워요.

탐사… 탐사라.
양 박사님, 간절히 바라고 있어요.
제발 말해 주시지 않을래요.
그 탐사에서 무슨 일이 있었는지.

아니다. 역시 더 말하기엔 제가 너무 지쳤어요.
사실 그 참새 키링을 옆에 두고 술을 좀 마셨거든요.
이러면 안 되는데.
우리가 벌인 일조차 계속 머릿속에서 되감기되는
바람에 말이에요. 최대한 신경 쓰지 않으려 하고 있
긴 한데, 그래도 힘드네요.

미안해요. 글에 두서가 없네요. 들어가 봐야겠어요.
탐사는 계속해 볼 생각이에요.
또 소식 전할게요.

백영 드림.

Yeong BAEK, PhD
y_baek@wri.co.kr

파트 1

Subject : [긴급] 퍼스트 콘택트
프로젝트 상황 공유
On Fri, Apr 12, 2041 at 16:14 from Seong-won Yu

From : 유성원 본부장 swyu@wri.co.kr
To : 유성원 본부장 swyu@wri.co.kr
BCC : 백영 연구원 y_baek@wri.co.kr

유성원 본부장입니다.
금일 15시 정각에 예정되어 있던 웜홀 생성 절차에
대해 긴급히 원내에 알립니다.

우주국에 즉시 전 세계 모든 항공기의 운행을 멈출
것을 공유 바랍니다.
예상 외의 오차로 인해 생성된 웜홀의 규모가 예상
규모를 넘어섰습니다.

이상 웜홀은 하말리우스 인근의 중력과 전자기파를
지구 자기장 영역으로 전달하고 있으며 현재 GPS 및
항공 시스템 마비가 예상됩니다.

프로젝트 구성원은 이상 웜홀에 대해 긴급히 대처
방안을 강구해 주시길 바랍니다.

이건 현실입니다.

Seong-won Yu, PhD, Director of WRI
swyu@wri.co.kr

[양 박사님께.]

2044.03.22. Tue. AM 03:26 KST

지난번 추태는 죄송했습니다. 적절하지 못했네요.
1년 만에 술을 마셨는데, 주량을 완전히 까먹고 있
었어요.
오늘도 마시긴 했지만요. 그런데 오늘 일은 꼭 마셔야
만 했어요. 그러지 않고선 버티지 못할 것 같았거든요.
걱정 마세요. 주량은 어제 속을 게워 내면서 제대로
알았으니까. 적당히 마셨어요.
음…. 맨정신으론 도저히 마주할 수 없는 현실을 마주
할 수 있을 정도로만 알맞게 취했어요. 괜찮을 거예요.

본론을 말씀드리기 두렵네요.
제가 오늘 발견한 걸 정말 말해도 될지 모르겠어요.
사실 박사님을 의심하고 있어요. 아니, 확신해요.

하지만 어떻게…. 불가능해요. 양 박사님이 떠난 지
그렇게나 시간이 흘렀는데, 이제 와서?

Yeong BAEK, PhD

y_baek@wri.co.kr

----

*

"WRI는 이번 사태에 대해 어떻게 생각하십니까?"

"연구소 측 책임을 인정하시나요?"

"…웜홀 개방 직후 관제 시스템의 이상으로 추락한 비행기의 모습입니다. 현재 비행기가 추락한 카스피해 인근에는 이란 당국의 지휘로 실종자 수색이…."

"이상 웜홀의 영향권을 어느 정도로 생각하십니까?"

"한정아 기자가 전해 드립니다. 현재 웜홀 기술 연구소 앞은…."

"웜홀의 영향권이 점점 커지고 있다는 추측이 돌고 있는데 사실인가요?"

"…전 세계적으로 혼란이 가중된 가운데 대중은 이번 이상 웜홀을 대공이라고 부르며…."

"대공을 닫을 수는 있습니까?"

"…대공이라고 불리는 이상 웜홀은 점점 규모를 키워 나가며…."

"뉴스24에서 전해 드립니다. 대공이 초래한 대파멸은 현재…."

"…대파멸 사태로 초래된 세계 경제 위기는…."

"대파멸의 여파가 언제까지 지속 될 거라 생각하십니까?"

파트 1

"…북반구의 약 40%가 영향 받
을 가능성이 예상된 가운데…."

"…정부는 대파멸로 인한 난민 수용에 대해…."

…

"…한 가지 확실한 것은, 대파멸
은 유례없는 재앙이라는 겁니다."

아. 적당히 마셨다고 생각했는데 아니었나 봐요. 취기가 스멀스멀 올라오네요. 하지만 괜찮은 것 같아요. 이제 좀 받아들일 수 있을 것 같아요. 사실 지금 타자를 치는 것도 힘들어요. 그래도 이건 너무 이상해요.

저는 상자 한 면에서 지금껏 볼 수 없었던 원자들의 배열을 발견했어요. 그리고 그 속에서 글자를 발견하고, 문장을 읽어 낸 순간…. 저는 무너지는 것만 같았어요.

"GOOD BYE,
TO BAEK."

우주에서 온 운석 속에서 명백히 저를 가리키는 메시지를 받는다면, 그 발신자는 당신일 수밖에 없잖아요.

양서아 박사님.

하지만 당신은… 더 이상 여기 없잖아요.
어떻게 상자 안에서 당신의 메시지가 발견될 수 있는 거죠?

파트 1

이렇게 메일을 쓰고 있지만 이건, 없는 사람의 계정에 보내는 짓과도 같다는 걸 알고 있어요. 박사님을, 아니, 존경하는 동료를 잊지 못한 제 미련이라는 걸 알고 있어요. 멋진 사람이었잖아요. 동경했다고요. 정말로 어떻게… 떠나시곤 이런 일을 할 수가 있어요?

Yeong BAEK, PhD

y_baek@wri.co.kr

----

*

웜홀은 이상 웜홀이 되었다.

이상 웜홀은 대공이 되었고, 대공은 대파멸을 초래했다.

대공은 우주 너머의 하말리우스가 품은 중력과 전자기 복사를 여과 없이 지구에 전했고, 그 결과 북반구의 약 40%, 남반구의 약 15%가 지구 중력장 및 자기장 이상으로 인해 사람이 거주할 수 없는 구역이 되어 버렸다.

한순간의 몽상이 파멸로 뒤집히는 순간이었다.

삶을 잃은 난민이 범람했고, 꿈을 좇던 과학의 위상은 초라하게 추락했다. 연구소는 혼란으로 뒤엉켰으며 전 세계가 전례 없는 재난의 모습에 이성을 놓았다.

그리고 그 혼란 속에서, 양서아는 돌연 자취를 감췄다.

파트 i

양서아는 항속 장치의 페달을 부드럽게 밟기로 결정했다. 매질이 없는 우주에서 눈앞의 대공만이 일렁였고, 양서아를 실은 좁은 공간이 그 너머에서 아른거리는 빛을 향해 다가섰다. 저 너머에 그들이 기다리고 있다. 그들과의 접촉이 반드시 죽음을 뜻하는 것은 아닐 것이다. 되레 무언가의 희망일지도 모를 일이다. 결국 여기까지 도달하게 만든 이유처럼. 그럼에도 무전에서는 우주국의 회항 권유가 계속해서 들려온다. 양서아는 버튼을 눌러 모든 통신을 중단시켰다.

이제 돌아갈 수 없겠지.

시작은 늘 거창했지만 끝은 언제나 완벽하지 못했다. 양서아는 자신이란 사람 역시도 그랬을까, 그렇게 될까 생각한다.

*

　나는 백영과의 만남이 기이했다고 줄곧 생각했다. 그때로부터 몇 년이 지나도록, 심지어는 지금까지도 기억에 남아 아른거렸다는 걸 고려하면 말이다. 내가 먼저 호의를 보였나? 아니다. 설령 그랬다한들 자신이 알아채지 못한 채 베푼 호의는 상대 역시도 알아챈 적이 없었다. 사람은 생각보다 민감하면서도 정작 중요한 부분에서는 둔감한 듯 보였고 그것이 선택적인 일인지 무의식적인 일인지 나는 알수 없었다. 사람이란 존재는 왜 이렇게나 변칙적인걸까. 곰곰이 생각해 보았지만 아무리 머리를 굴려봐도 백영이 나에게 친절할 이유는 찾을 수 없었다.

　…그럼 백영은 아무 이유 없이 내게 호의를 베풀고 있었단 말인가? 그런 게 가당키나 한 이야기였나? 사람이… 사람한테 아무 이유도 없이 친절 같은 귀찮은 일을 행한다고? 나 같은 사람한테? 타인만큼은 예측할 수 없었고 통제 불가능했다. 그래서 줄곧 피해 왔고 뇌리에 담아 두지도 않았다. 그러니까, 굳이 생각해 버리고 말면, 이렇게 귀찮아졌으니까. 어차피 이런 건 고민한다고 마땅한 정답이 나오는 것도 아닌데 왜 이런 중요한 순간에 사람에 대한 생각으로 집중이나 낭비하고 있는지 나도 모를 일이었다.

　깊은 고민 끝에 내린 결론은 세 가지였다. 나를 향

한 백영의 호의를 설명할 수 있는 가장 논리적인 답들이었다.

첫째, 내게서 이득을 얻기 위함이다. 둘째, 원래 살가운 사람이다. 셋째, 나를 좋아한다.

그리고 세 번째는 진작에 지워 버렸다. 실질적인 가능성을 두 가지로 좁힌 채 나는 백영을 관찰했다.

일탈이 필요했다. 대학 졸업 직후에 내린 결론이었다.

극단적으로, 어차피 모든 생명은 죽는다. 영원은 존재하지 않기에 이별은 필연적이고 나는 그런 걸 감당할 수도 없었으며 감당할 자신도 없었고 감당하고 싶지도 않았다. 그러므로 관계에서 실망하지 않기 위해 기대를 의식적으로 억압했다. 나의 경계 안에 아무도 들여놓지 않고자 했지만 인간은 기본적으로 사회적 동물이었기에, 관계에 대한 갈망을 완전히 지워 버릴 수는 없었다. 욕구와 통제의 대립은 나를 적잖이 피곤하게 만들었으므로 나 자신을 잃어버리고 싶은 충동이 이따금씩 머리를 들이밀었다. 그땐 어렸던 탓에, 습관 이상으로 체화된 통제를 풀어 버리기에는 약물 작용만 한 것이 없다고 생각했다. 다만 술자리는 피곤하기만 했고 그 자리에서 살아남기 위해선 타고난 유머 감각 따위가 필요한 것처럼 보였다. 후천적으로 사회성을 학습하기만 한, 정확히는 학습해 나가고 있는 나 같은 사람이 나설 자리는 아니었다.

그렇다고 소란스럽고 영양가 없는 '담배 타임' 같은 것에 끼고 싶진 않아서 굳이 티를 내진 않았다. 오히려 숨기는 쪽에 가까웠는데, 그랬는데. 연구실 인원들이 전부 퇴근한 걸 확인한 날에 하필 백영이 무언가를 두고 왔다며 돌아오던 중 나와 마주쳤던 것이 문제였다. 그 후로 백영은 끈질기게 "담탐?" 같은 한 마디로 말을 걸어오곤 했고, 나는 매번 당황 내지는 황당하다는 태도로 "안 피워요." 같은 거짓을 말했다. 백영은 나의 거짓을 간파했다는 듯 능청 스럽게, 혹은 살갑게 주변을 맴돌았다.

마냥 귀찮기만 한 일은 아니었다. 그저 저의를 알 수 없어 혼란스러울 뿐이었다.

…아닌가?

감정에 고착하게 만들었으니 귀찮았던 걸까? 떠 나는 지금까지도 잘 모르겠다. 귀찮다는 감정에는 필시 부정적인 반발이 함께한다.

이성은 그것을 기대라고 여기고 늘 그랬던 것처 럼 실망을 방지하기 위해 거절을 말했지만 감성은 반대되는 반응을 보였다. 이성과 감성의 충돌은 흔 한 일이다. 객관적으로 옳은 일과 주관적으로 옳은 일이 항상 같을 수는 없으니까. 그러니 이 역시도 흔 하고 흔한, 언젠가 지나갈 것으로 생각했다.

이성과 감성의 충돌을 기대라고 부른다면, 백영은 기대를 배신하지 않는 사람이었다. 그렇기에 나는 그 충돌을 기대라고 호명하기 껄끄러워하면서도 내팽개치진 않았다. 그것을 정의하길 유예했다. 모두에게 다정한 사람이라고 생각하기로 하니 그의 행동이 이해가 되는 것도… 아니다.

그래도 여전히 이해할 수 없었다. 호의는 이득 관계에서 쉽게 드러날 수 있는 감정이었다. 그렇다면 우리의 상황은 이득 관계에 있었나? 고작 대학원생이었던 두 사람이? 어려운 과제를 맡았을 때 서로에게 도움을 요청할 수는 있겠지만, 백영은 우수했다. 그는 늘 도움을 주는 쪽이었다. 적어도 자신의 이득을 위해 위선을 취할 사람은 아닌 것 같았다. 차라리 누군가를 돕기 위해 위악을 자처하는 쪽에 가까웠을 것이다.

백영은 자신의 것이 아닌 잘못에도 과할 정도로 과실을 주장하곤 했고, 특유의 설득력 때문에 결국 부조리한 처사를 당하곤 했다. 아랫사람의 잘못은 함께 책임졌고, 윗사람의 잘못은 굳이 부담했다. 백영은 자신의 위치를 알고 그것을 선하게 이용하는 사람에 가까워 보였다. 그것이 의도였든 아니었든. 그렇게 첫 번째 가능성은 지워졌다.

다만 오히려, 백영의 그런 면을 확인할 때마다 나는 백영과의 거리를 섣불리 좁힐 수 없었다. 본질적으로 다른 존재라는 느낌이 드는 사람에게는 동질감을 느낄 수 없었다. 동질감을 기반으로 친밀감을 발전시킬 수 없었다. 부당함을 느꼈던 것도 같다.

그럼에도 그런 이질감 따위는 중요하지 않았던 것 같다. 정확히는, 백영은 자신에 대한 의문조차도 의미를 잃게 만들 정도로 밝은 자신감을 가진 사람이었다. 그땐 나와 백영의 연구 주제가 비슷했기에 학회에서도 종종 함께 다니곤 했다. 나는 그럴 때마다 평소 이상을 기대하지 않으려 노력했고 그는 그런 나를 간파했다는 듯 선을 지켰다.

백영은 자신의 세션이 끝나면 학회가 한창인 건물 밖으로 나와 도처의 공원에 들르는 것을 종종 즐겼다. 학회처럼 사람과 많이 부딪히는 장소를 싫어했기에, 나는 백영의 핑계를 대서라도 그의 공원 산책에 동참하곤 했다. 백영은 새로운 공원을 만나면 항상 재잘재잘 떠들며 그곳을 한 바퀴 돌았다가 적당한 벤치에 자리 잡고는 새들이 조잘거리는 걸 조용히 구경했다. 내가 아는 한 백영의 말이 멎는 유일한 순간이었다. 학회가 전국을 돌아가며 개최되었기 때문에, 나는 백영이 비둘기나 산새가 많은 곳보다는 참새가 많은 곳을 좋아한다는 사실도 알게 되었다.

백영에 대한 그런 작은 사실들을 발견할 때마다, 나는 알아낸 것들을 머릿속에서 서로 연결해 보곤 했다. 그렇게 관찰한 특징 여럿이 모일수록 백영은 말이 많아지는 것 같았다.

그러다 먼 옛날 보냈던 전파에 대한 첫 번째 회신이 도착한 날 전 세계는 외계의 존재에 열광했다. 그 날은 분명 특별한 날이었다. 우리가 이 드넓은 우주에 혼자가 아니라는 사실을 확인한 날이었으니까.

갖가지 뉴스가 들끓었다. 전파가 특징적으로 찌그러져 있다는 사실로부터, 첫 번째 회신이 불안정한 인공 웜홀을 통과해 왔다는 사실을 알 수 있었다는 투의. 웜홀의 불안정성은 그 내부를 통과하는 정보를 훼손시켰기 때문에. 이에 각종 연구소들은 최근 인공적으로 생성되었다가 소멸된 것으로 보이는 웜홀의 흔적을 추적했다. 온갖 불신과 의심의 과정을 거친 결과 그들로부터의 첫 번째 회신이 양자리 알파 근처의 초거대질량 블랙홀 하말리우스 지근에 위치한 어느 항성계로부터 왔다는 사실을, 우리는 끝내 알 수 있었다.

말도 안 되는 시간과 공간을 넘어 두 문명의 조우가 발생한 것이었다. 나는 이 일을 계기로 세부 주제를 바꾼 탓에 다른 학교로 진학하게 되었고, 아직 졸업 요건을 채우지 못했던 백영은 그대로 그곳에 남았다. 박사 과정도 이곳에서 지낼 것 같다면서. 그렇게 유예를 반복하는 동안 이도저도 아닌 접근과 거절이 이어지며 우리의 삶은 접점을 만들지 못한 채 결코 만나지 않을 평행선 같은 궤적만을 줄곧 그렸다.

세월을 따라 각자의 선이 나아갔다. 만나진 못할지라도 백영의 선이 굽거나 끊어지길 바라진 않으며 나의 선을 이어 나갔다. 평행한 것처럼 보이는 선도, 무한대의 극한에서는 만날 수 있을지 모르니까. 무한은 이론적으로만 존재한다는 걸 알면서도 그런 가능성을 품곤 했던 이 무렵 나는, 나는….

다른 존재에 대한 동경이 나를 지금으로 이끈 것 같다. 중의적인 의미다. 본질부터 다른 존재를 이해할 수 있다면, 같은 존재도 이해할 수 있지 않을까 하는 작은…. 무엇을 바랐는지 명확히는 말로 이루기 어렵다. 언어가 되지 못한 느낌만이 뇌리에 맴돈다. 미지에 대한 이해를 늘 바랐다. 이해로 이루는 소통을 원했을지도 모르겠다. 무언가를 만나고 싶었던 걸까? 무언가에 닿고 싶었던 걸까? 나는 평행선 같은 삶의 끝을 기대하듯 더 먼 곳을 바라보았다. 정확히는 기약 모를 이해에 대한 갈망이 미지에 대한 갈망으로 대체되었을지도. 언젠가 백영이 이에 대해 질문한 적도 있었지만 나는 대답하지 않았다. 대답할 수 없었다. 무심결에 부끄럽다고 웅얼거렸던 것은 나의 동기로부터 비롯한 것이 아닌 백영과의 관계로부터 비롯한 것이었다. 나는 내 동기가 부끄럽지 않았다. 문제가 된 건 다른 지점이었지. 이렇게 모호한 관계에서 이토록 사적인 애길 꺼내도 되는 건가? 지금 이런 얘길 꺼내도 되는 건가? 관계에서의 다가감은 언제나 내게 어렵고 불편한 것이었다. 기대를 차단하기 위해 함부로 남의 경계에 들어가지 않는 삶을 반복했던 나로서는 내 동기를 말하길 주저하는 스스로의 심정조차 이해할 수 없었다.

어쨌거나, 나는 결국 미지의 존재를 탐구하는 삶을 선택했고 이뤄 냈다. 기대의 대체는 생각보다 나쁘지 않았다. 이성과 감성의 충돌은 정말 흔한 일이었다는 것처럼 옅어졌다. 다만 아예 사라지지는 않은 채로. 좋은 기억은 대체로 희석될 뿐 휘발하지 않는다. 끈적하진 않지만 스며드는 물성으로 다른 추억에 침투한다. 멋대로 연결 고리를 짓는다. 그리고 예상치도 못한 곳에서 머리를 쿡 하고 찌른다. 그럴 때마다 나는 반사적으로 하던 말을 멈추고 눈살을 찌푸렸다. 기억의 내용 자체가 부정적인 건 아니지만, 시기가 잘못된 비통제적인 상기는 나를 불쾌하게 한다.

그런 불쾌함에 익숙해져도 찌푸림만은 반사적으로 남아 결국 누군가에게서 한 소리를 들었던 날이었다. 한숨을 내쉬며 복도를 걷는데 어떤 목소리가 나를 붙잡았다. 희미하게 스며서 녹아 있던 그 목소리. 나는 한 마디 당황을 흘렸다. 백영은 내 앞에서 웃음을 터트렸다.

백영은 여전히 말이 많은 다정한 사람이었다. 그

여전함이 마냥 싫지만은 않았다. 참새를 좋아하는 것조차 과거와 같았다. 돌아온 자극에 줄곧 이어져 있던 추억은 진하게 약동했고 어린 마음에 부끄러워 터놓지 못했던 서로의 꿈—중의적인 의미에서의 조우—이 비슷했다는 걸 알게 된 백영은 잔뜩 들뜨기도 했다. 다시 만난 이곳에서 그 꿈을 이룰 수 있을지 모른다는 가능성에 우리는 설렜으며 지금에 이르기까지 끝내 포기하지 않았던 서로를 격려했다.

이 모든 걸 행복이라 불러도 될지 내가 고민하는 동안에도 퍼스트 콘택트 프로젝트는 착실히 진행되었다. 모든 과정이 순조로워 도리어 불안할 지경이었다. 놓친 게 있지는 않은지 매일 밤을 지새웠고 백영과 함께 참새가 지저귀는 아침 하늘을 바라보곤 했다. 그 와중에도 잔뜩 긴장한 기색을 내비쳤는지, 백영은 언제든 서로에게 재미있는 일이 생기면 꼭 연락하자며, 나쁜 감정은 좋은 일로 덧씌우면 된다면서 늘 그랬던 것처럼 장난스럽게 조잘거렸다.

하루는 동료가 웃으며 말했다. "백영 씨는 유독 양서아 씨에게만 더 살가운 것 같네요." 나는 당황스럽게 되물었다. "다른 분들한테는 어떤데요?" 그리고 어쩐지 수많은 사람들로부터 웃음과 함께 돌아온 대답으로써 나는 오랜 시간이 흘러 잊고 있었던 두 번째 가능성을 지울 수 있었다. 사람이 붙임성좋긴 한데, 다른 사람들에겐 나를 대하는 정도까지치근대진 않는다는 것이었다.

나는 결국 백영의 친절에 대한 이해를 포기했다. 감정의 유예조차도 없던 일로 덮은 채 모든 걸 이해할 수 있는 건 아니라면서, 백영을 백영 그 자체로서 정의하기로 했다. 그는 여전히 어떤 의문도 아무렇지 않게 만드는 이상한 힘을 가지고 있었다.

그리고 대파멸이 발생했다.

이변은 성공적으로 확장된 양자 요동을 안정시키기 위해—하필 백영의 담당이었던—위상 물질을 삽입하면서부터 시작됐다. 위상 물질의 순도가 예상 외의 변수로 인해 생각보다 높아진 상태였고, 이내 웜홀이 된 요동은 과확장 상태로 접어들었다.

섣불리 대응할 수 없었다. 탐욕스럽게 입을 벌린 거대 웜홀은 모든 것을 삼키고 토해 낼 기세로 건너편 지근에 위치한 하말리우스의 중력과 방사선을 입구로 여겨졌던 이쪽을 향해 전달하기 시작했다. 이에 연구팀은 강력한 역장에 의해 웜홀을 안정화시킬 수 있는 골든타임을 놓치고 말았다. 웜홀은 끝없이 확장했고 인류세에 유례없는 첫 인공 웜홀은 불명예스러운 대공이라는 이름을 얻게 되었다.

대공은 우주 공간을 넘어 지구에 직접적으로 영향을 미치기 시작했다. 가장 먼저 대기가 중력에 의해 파괴되었다. 높이에 따라 아름다운 스펙트럼을 그렸던 대기 구성은 가장 매혹적이고 파멸적인 거대 오로라를 그리며 45억 년에 걸친 조성 역사를 비웃듯 부실하게 해체되었다. 이로 인해 대공이 생성된 직후 한 시간 동안 약 18억 명이 사망했다고 추산되었다. 헛웃음이 나올 정도로 어이없다고밖엔 표현할 수 없는 숫자였다. 현실감 없는 숫자에 그 규모가 와 닿지 않았다.

각종 소셜에 셀 수 없는 사람들이 길거리에 무방비하게 쓰러진 모습을 담은 동영상이 아무 필터링 없이 퍼졌다. 내가 기억하는 한 가장 번잡한 풍경에 수많은 사람들이 아무렇게나 널브러져 있었고 가까스로 쓰러지지 않은 사람은 정신을 놓고는 절규조차 잊은 채 그저 무릎 꿇고 허공을 바라봤다. 몇몇은 오로라를 향해 머리를 조아린 채 죽어 있었다. 전 세계의 뉴스는 뒤늦게 산소마스크를 쓴 기자와 함께 그 영상들을 모자이크해서 보도했지만, 한 외신에서 하말리우스에 의해 상쇄되어 약해진 중력 때문에 어느 유아가 헬륨 풍선처럼 떠밀려 가는 장면이 화면 한 구석에 잡힌 것을 계기로 어느 방송사도 현장을 직접 보도하지 않게 되었다.

한없이 절망스럽게도 이는 시작에 불과했고 하말리우스의 전자기파는 우리를 우주 방사선으로부터 보호해 주던 지구 자기장을 교란하며 하말리우스 자신의 방사선을 여과 없이 북반구 약 70% 영역에 내리꽂았다. 다행히도 대한민국은 심각한 영향권에 들지 않았기에 재앙을 피할 수 있었지만—아마 이것이 처음에 내가 이 재앙을 남의 일이라 여겼던 이유일 것이다—산소 희박으로부터 살아남은 사람들은 피폭되었고 몇몇 나라는 확정된 괴멸을 마주하게 되었다. 전율적인 멸종의 공포 속에서 사람들은 폭동조차 일으키지 않았다. 그대로 모두가 미쳐 버리고 말았다. 결국 이날부터 오늘날까지 이어지는 일련의 재앙은 대파멸이라는 이름으로 불리게 되었다.

연구팀의 예측 결과 지구가 공전함으로써 대공의 영향권에서 안전하게 벗어나기까지는 약 3개월이 소모될 것으로 보였다. 비개입 상태에서 대공이 자연 소멸하기까지는 약 8년 정도를 예상했다. 태양에 대한 고정 좌표로서 생성된 대공이었기에 1년의 시간이 지날 때마다 다시 대공의 영향권에 들게 되었으므로, 어떻게든 의도적으로 대공을 닫지 않는 이상 앞으로 여덟 번의 파멸이 더 반복되는 꼴이었다. 우리는, 아니, 나는 어떻게든 방법을 찾아내야 했다. 불능인 방정식에 대해 존재하지 않는 해를 만들어 내야만 했다. 사람을 만나지 않았다. 사람을 만나는 법을 잊었다. 말도 안 되는 파멸 사이에서 질서는 흐트러져 혼돈이 탄생했고 나는 그 혼돈의 한가운데에서 이제는 아무도 가망을 논하지 않는 일을 파고들었다. 우리가 벌인 일이었고 내 욕심이 부추긴 일이었다. 우리가 바라봤던 꿈은 얄보던 확률에 의해 실패했고 내가 바랐던 이해와 소통의 꿈은 영영 이룰 수 없게 되었다. 책임, 책임져야 했다. 모든 걸.

파트 i

모두를….

되돌릴 수 없다는 걸 알고 있었다.

이미 잃어버린 것들은 돌아올 수 없다.

찰나. 찰나였다. 맥없이 발이 나아가는 대로 걸음을 옮기다 무의식적으로 도착한 연구소 앞에서, 경찰들의 통제 너머로 제 자식이 돌아오지 않는다며 통곡하는 사람의 눈빛이 시야에 스쳤다. 이끌리듯 다른 사람들의 절규가 귀에 꽂히기 시작했다. 그때, 내가 그 연구소의 연구원인 줄도 모른 채 누군가 내게 건넨 전단지에 묻어난 절망으로부터, 나는 헛구역질을 했다. 자신을 향해. 나는 중압감에 도망치듯 집으로 들어오자마자 가책을 씻어 내기 위해 여태껏 집중하지 않았던 수많은 먼 나라의 뉴스들을 눈과 귀에 담았고, 그리고 비로소 그때가 되어서야….

팔을 붙잡힌 채 어둠에서 끌려 나간다. 바닥을 향한 시선 가장자리에는 누군가의 발끝만이 앞서 있다. 이끌린 발걸음을 타의로 이어 어딘가의 테이블 앞에 앉는다. 곧이어 식기가 달그락거리는 소리와 함께 따스한 재스민 향이 공간에 스민다. 나는 고개를 들지 못한다. 인기척의 주인공인 어느 타인이 말없이 건너편에 앉고는 양팔을 테이블에 올리며 끌어안는 모습이 시야 한구석에 비친다.

나는 팔을 드러낼 용기조차 내지 못한 채 테이블

아래에서 손톱 가장자리의 거스러미를 뜯는다. 한참 전에 뜯어낸 채 아물지 않은 가장자리를 손가락 끝의 감각으로 더듬어 찾아 손톱으로 반복해 건드린다. 진물인지 혈액인지 모를 무언가가 끈적인다.

누군가의 깊은 한숨 소리에 반사적으로 시선이 반대편에 닿는다. 백영은 어느새 깍지 낀 손 사이로 얼굴을 파묻고 있다. 내 앞에 놓인 재스민 티에서 김이 피어오르고 있다. 백영의 앞에는 무엇도 놓여 있지 않다. 백영은 여전히 맞붙은 양손으로 눈을 가린 채다. 나는 내 손을 바라본다. 진홍색으로 얼룩진 건 손톱 주변뿐인데, 손바닥까지도 끈적이는 것만 같다. 무거운 감각에 온몸이 저릿해진다.

서아 씨는 왜 그런 꿈을 꿨어요?

백영이 돌연 가라앉은 목소리로 물어온다. 원망일까. 아닐 거라고 속단한다. 나는 무엇을 바랐던 걸까. 대답이 안개처럼 흩어져 손에 잡히지 않는다.

만나서 뭘 하고 싶었어요?

이제 와 그런 질문에 대한 답을 찾는 게 우리에게 어떤 의미가 있을까. 다른 존재와 소통할 수 있다면 다른 사람과도, 아니, 당신과도 더 자연스럽게 지낼 수 있을 것 같았다는 그 작은 소망 때문에 이딴 일을 벌였다고 답할 수 있을까. 마찬가지로 자신을 잃은 질문에 나는 답하지 못한다. 정녕 눈앞의 백영이 묻고 있는 것이 맞는지도 불분명하다. 환청일지도 모른다는 의심을 떠올린다.

저도 이젠 모르겠어요.

내 속을 헤집은 듯 백영이 말한다. 나는 환청인지 실재인지 구분하길 포기한다.

왜 하필 우리가 아직까지 살아남은 걸까요.

삶은 의지와 상관없이 주어지는 것이기에 많은 사람들은 존재의 이유를 묻곤 한다. 나는 역시 답하지 못한다.

나는 무거운 손에 애써 힘을 주어 백영의 눈을 가린 그의 손을 잡아 줄까 뻗었다가, 타인에게 내밀기엔 너무나 초라한 모습이란 걸 깨닫고는 찻잔의 손잡이를 대신 쥐어 잡는다. 차의 온기가 닿아 따뜻하다. 그 감각이 너무나, 누군가의 체온 같아서, 눈물이 한 방울 맥없이 뺨을 타고 흘러내린다. 백영은 자리에서 일어난다.

너무 무거운 질문이었죠.

백영은 그대로 테이블을 돌아 내 뒤에 선다. 어깨에 그의 손이 닿았고 얇은 옷 너머로 전해지는 그의 체온은 나를 휘감아 그대로 껴안는다.

없다면, 만들면 되지 않을까요. 답이요.

우리는 서로를 탓할 수 있지만 구태여 그러지 않는다. 차마 그러지 못한다.

그러니 도와줄래요? 같이 해요.

그럴 수 없다는 걸 지금은 안다. 나는 혼자 대공으로 향했으니까.

골방에 틀어박혔던 동안 알아낸 것은 여러 가지였으나 중요한 것은 하나였다. 웜홀의 불안정성과 정보 훼손도 사이의 관계. 그들이 전한 회신의 파형이 찌그러져 있었던 이유는 분명 인공 웜홀을 타고 왔기 때문이었다. 인공적으로 생성되어 불안정한 웜홀은 그 내부를 통과하는 정보를 필수적으로 일부 훼손시켰고, 마침내 알아낸바, 그 훼손 정도는 웜홀의 불안정성에 비례했다.

그 사실은 얼마 전 대공을 통해 도착한 것으로 보이는 그들의 두 번째 회신에서 마침내 포착되었다. 그것은 첫 번째와 마찬가지로 찌그러져 있었으나, 그 정도는 훨씬 심했다. 마치 대공으로부터 전해진 하말리우스의 전자기파가 심각하게 훼손되어 있던 것처럼.

이는 한 가지 가능성을 의미했다. 첫 번째 회신은 그들이 인공적으로 생성한 웜홀을 타고 왔을 것이다. 보다 안정했기에 보다 덜 훼손된 채로.

그렇다면 그들의 웜홀은 우리 인류의 대공 따위보다 훨씬 안정할 것이다. 그들은 대공 같은 실수를 벌이지 않을 수 있었다. 우리보다 진보한 웜홀 기술을 가지고 있을 가능성이 높았다. 즉, 그들은 설령 대공일지라도 웜홀을 제어할 수 있을지 몰랐다. 대공을 닫을 수 있을지도 몰랐다. 지극히 낮은 확률일지라도 가능성은 존재했다. 대공의 폭주 역시도 낮은 확률이었으니. 완벽한 희망이 존재할 수 없다면, 어쩌면 완벽한 절망도 존재하지 않을지 모른다.

첫 번째 대파멸로부터 지구가 태양 주변을 한 바퀴 도는 날, 두 번째 파멸이 돌아올 것이다. 아니, 대공이 다가올 것이다. 신호 탐사를 빌미 삼아 우주로 나아가야만 했다. 대공에 접근해야만 했다. 대공을 통과해서 그들에게 닿아야만 했다. 그리고 대공을 닫아 내야만 했다.

남은 희망은 하나뿐이었다. 비로소 답할 삶의 이유 역시도 하나뿐이었다.

대공 너머의 빛이 다가온다. 분명 다가가는 것은 양서아 본인일 텐데도 그 아득함에 주체가 전도된 것만 같다.

양서아는 이제 무언가의 이유를 알 것 같았다.

Yeong BAEK, PhD
y_baek@wri.co.kr

San Serif ▾ |

보내기

파트 1.414213…

[양 박사님.]

2044.03.23. Wed. AM 01:22 KST

솔직히 말할게요. 그 메시지를 발견한 이후로 상자 내부 탐사는 그만뒀어요. 무서워서요. 두려워서요.

박사님이 떠난 지도 벌써 2년이 지났어요. 2042년에 떠나셨으니.

이것이 정말 당신의 작품일까요? 정말 원자로 써 놓은 '굿 바이' 한 마디가 당신의 마지막 전부일까요? 그렇다면 그조차 받아들이지 못하는 저는 대체 어떡해야 할까요. 당신을 동경하던 저는 어떡해야 할까요. 당신은 정말 멋진 사람이었어요. 무엇이든 곧게 해내고 마는 사람.

아니, 취소할게요. 그날은 멋지지 않았어요.
그날을 선명히 기억해요.

파트 1.414213⋯

대공 너머에서 잡혀 온 두 번째 신호 탐사를 위해 박사님이 워프 드라이브를 타고 이곳을 떠나던 그날을.

평생을 외계 지적 생명체 탐사에 헌신하신 박사님이라면 그 기회를 놓치지 않을 거라고 생각했어요. 생각하긴 했지만요, 그렇게 실행력 넘치는 분인 줄은 그때 처음 알았어요. 주변 사람들에게 한 마디도 없이 탐사 가셨다는 소식을 들었을 때에요. 마침 대공이 적당한 곳에 열려 있는 기간이긴 했지만…. 조금만 더 주변을 챙기실 수는 없었던 거예요? 제게 한마디만이라도 언질을 주실 수는 없었던 거예요?

우주국에서는 대공을 향해 계속해서 나아가는 박사님께 경고를 보냈어요. 설득했죠.

더 가다가는 구조할 수 없는 영역까지 다다른다고, 연료가 얼마 남지 않았으니 지금이라도 선회하면 돌아올 수 있다고.

우주국의 보고에 따르면 당신은…

그럼에도 나아갔죠.
복귀 연료 한계를 넘어 우리 은하 바깥으로 계속해서 가속하셨죠.

우주국의 레이더는 박사님이 넘은 그 경계에서 관

측 한계에 달했다고 해요.
그 너머의 풍경을 아는 건 박사님뿐이라는 거죠.

그때 양 박사님의 눈앞에 비친 풍경은 어떤 모습을 하고 있었던 거예요?

대체 무엇이 박사님을 사로잡았기에 지구를 떠나신 건가요?

Yeong BAEK, PhD
y_baek@wri.co.kr

파트 1.414213⋯

*

그 후로 백영은 오랜 시간을 침잠했다. 분명 함께 벌였던 일임에도 홀로 떠난 양서아에 괴로워했다. 그리고 수많은 죽음을 손끝으로 톺아 냈다. 너무나 많은 나머지 하나하나가 미세해져 손끝에 오돌토돌 간지럽게 와닿기만 했다. 백영은 누구에게도 당당할 수 없는 자신을 인정하지 않으려 했다. 없던 일처럼 밝은 척을 했다. 양서아에게 보냈던 편지에서도 자세한 이야길 꺼내지 않았다. 꽤 오랜 시간 동안은 그럭저럭 잘 해낼 수 있었다. 백영의 뒷마당에 운석이 떨어지기 전까지는. 상자 속에서 양서아의 작별 인사를 발견하기 전까지는.

백영은 초록색 소주병을 냉장고에서 꺼낸 뒤 망설임 없이 뚜껑을 돌려 땄다. 그리고 잔에는 눈길조차 주지 않은 채 그대로 병을 입에 꽂았다. 좋은 느낌이라곤 하나 없는 에탄올 향과 억지로 추가된 듯한 단맛이 부조화스럽게 입안에 맴돌았다. 백영은 그 부조화가 마치 자신을 닮은 것만 같아 억지스러운 자학을 미각에 쏟아부었다. 그리고 아무리 무언가를 마셔 대도 사라지지 않는 목구멍의 구역감을 잠시 원망했다. 상자에서 메시지를 발견한 날로부터 사라지지 않는, 지극히 심리적인 요인의 이물감이었다. 백영은 헛구역질을 허공에 몇 번 질러 댄 뒤

싱크대 위로 엎드려 방금 들이마셨던 술을 모두 토해 냈다. 청색 위액의 쓸쓸한 맛이 끈적히 혀끝을 구를 때가 되어서야 눈앞을 흐렸던 눈물을 닦아 낼 수 있었다.

숨겨 뒀던 죄악이 거미가 손등을 걷듯 목 끝까지 스멀대었다. 백영은 이제는 빛바랜 옛날의 약속을 들먹이며 이전의 살가움을 가장한 원망의 편지를 양서아에게 전했다. 일방적인 공세가 쌓여 갈수록 억눌러 왔던 감정이 목구멍 가까이 차올랐다. 마침내 편지가 쌓아 온 시간이 현재에 도달한 순간 백영은 물음을 참을 수 없었다. 왜 그랬냐고. 대체 어째서 그런 선택을 했냐고. 우리가 같은 곳을, 같은 것을 보고 있던 게 아니었냐고. 함께 짊어지기 위해 내민 손을 어째서 당신은 잡지 않았느냐고.

백영은 병에 남은 소주를 모두 싱크대에 털어 버린 뒤 술 냄새 섞인 깊은 한숨을 내쉬었다. 그리고 초록 병이 쌓인 주방 한구석에 공병을 대충 던졌다. 유리가 맞부딪치며 요란한 소리를 내었지만 백영은 신경 쓰지도 않은 채 침실에 들어가 침대 위에 앉았다. 그리고 무릎 위에 고개를 박았다.

백영은 자신을 그렇게나 비이성적으로 만드는 존재에게 닿고 싶었으며 그를 이해하고 싶었다. 답은 당연하게도 돌아오지 않았다. 자신을 이해할 겨를도 없이 닿지 않는 무수한 발신 기록 사이에서 자아 속을 헤맸다. 엉킨 실타래처럼 꼬여 좀처럼 해소되지 않는 처지를 어떻게 해야 할지 그 바로 앞에서 손조차 대지 못한 채 괴로워했다. 그 사이에도 내면을 반영한 듯한 문제는 더욱 복잡하게 스스로를 엮어 가기만 했다.

끝내 백영은 자신의 발언을 부정했다. 우린 원래부터 같은 꿈을 꾼 게 아니라며, 자신이 멋대로 착각한 것에 불과하다며 나약한 방어기제를 펼쳤다. 프루스트가 접점이라 여겼던 것에 불과했던 어떤 착각을 재스민 향에 섞어 낼 때마다, 백영은 과거에 쓰여 차마 완결되지 못한 이야기의 표지를 덮으며 그것을 책장 구석으로 밀어내었다. 그렇게 한구석에 자리한 재스민 차의 티백들은 마땅히 가야 할 곳을 잃은 채로 백영이 느꼈던 양서아의 중력에 대한 증명을 부지런히도 과시했다.

문득 정신이 들었을 땐 재스민 향이 코끝을 간질이고 있었다. 백영은 자신의 집에조차 그 향이 너무나 짙게 배어 버린 것 같아, 도저히 형용할 수 없는 감정의 역류를 참을 수 없어진 채 무작정 발걸음을 옮겼다. 향이 닿지 않는 곳으로. 그 사람의 중력이 닿지 않는 곳으로. 다만 중력은 이질적으로 특별하고 무한한 탓에 어느 곳에서든 이끌려 결국 그를 추억하고 말았다. 이 복도는 당신과 함께 프로젝트에 대한 이야기를 나눴던 곳이고, 이 벤치는 당신과 함께 아침을 바라봤던 곳이며, 이 공원은 당신이 작은 선물을 건넸던 곳인 데다, 이 나무 그늘은 당신이 대공의 이름을 발견한 곳임에도, 이 연구실은 당신이 대파멸의 첫 장면에 절망했던 곳인데, 끝내는, 마지막으로 당신과 함께 그 향을 맡았던 곳에서, 백영은 차마 억누를 수 없이 밀려오는 후회와 그리움에 사무쳐 이제는 저 멀리 어딘가에 존재할 대공을 향해 울분을 토했다. 누군가에게 닿길, 누군가라도 헤아려 주길 바라며 명확한 대상 없는 분노를 깊은 밤 공기에 울부짖으며 토해 냈다. 그리고 이 모든 사태를 초래한 대공과, 대공을 빚어낸 자신의 머리와 손을 원망하고 탓했다.

지구가 다시 대공과 근접하여 세 번째 파멸을 맞을 때까지 그런 무의미한 한의 나날을 반복했던 백영은 이제는 더 이상 아름답지 않을 현실의 우주에 어떤 가능성을 꿈꾸고 기대하길 포기했다. 쌓이고 쌓인 소주병이 주방을 가득 채울 즈음이었다. 그즈음에는 술조차 유의미한 자극을 줄 수 없었기에 이내 그 뒤틀린 관심은 양서아가 남긴 상자 안의 우주로 향했다. 방구석에 틀어박혀 끝없이 빛을 보내는 별 같은 원자들을 넋 놓고 바라보며 끝없이 이어지는 반짝임의 길을 하염없이 쫓는 나날이 반복되었다.

그 모든 것들에 무슨 의미가 있을지, 한없이 잔혹한 실제의 우주와 그 모사를 견주어 비교했다. 차라리 이렇게 정적인 우주가 될 수 있다면. 불변했더라면. 그 자체로 완벽했더라면 우리는 더 나아가려는 시도조차 하지 않았을 텐데. 그럼 이런 일 따위 벌어지지 않았을 텐데. 헤아릴 수 없이 외로워지더라도 이 드넓은 공간에 우리만 존재했다면. 우리 둘만 존재했다면.

여느 날이 그러했듯 오늘도 백영은 그렇게 한탄하며, 상자뿐인 방 한편에서 맥없이 고개를 천장으로 들어올렸다. 정체 모를 빛이 얼룩을 남기고 있었다. 힘없이 기울어지는 시야 사이로 밝은 자취가 시차를 두고 기울어졌다. 어딘가 이상한 일이었다. 백영이 상자를 움켜쥐자 그 반동에 따라 자국이 움직였다. 백영은 홀린 듯 자리에서 일어났다. 뛰쳐나갔다. 상자에 쌓아 왔던 감정을 투과시켰고 그것은 프리즘처럼 어떤 모양을 자아냈다.

한없이 영겁에 가까울지 모를 시공간이 엇갈린 끝에 빚어낸, 그 애달픈 빛이 남긴 찬란함을 이해하고 나서야 백영은 양서아를 향한 자신의 감정을 가까스로 이해할 수 있었다. 이기와 미숙으로 점철된 왜곡을 가까스로 마주 본 뒤 걷어 내고 나서야 백영은 그에게 끝나지 않은 이야기의 다음 장을 적어 보여 줄 용기에 마침내 손을 뻗을 수 있었다.

[안녕하세요, 양 박사님.]
2044.08.23. Tue. AM 01:22 KST

마지막 메일로부터 다섯 달이나 지났네요.
이젠 잘 지냈냐고 묻기도 두려워요.
여름이 되니 숲이 울창해요. 꽤 외진 곳이거든요.

양 박사님은 항상 저보고 나무가 아닌 숲을 보라 하
셨죠. 숲을 보니 떠오르네요. 예전엔 들을 때마다 무
시하곤 했는데, 이젠 이해하겠네요. 당신이 숲을 보
는 사람이었다는 걸 잊고 있었어요.

밤이 되면 찌꺼기같이 남은 미련과 원망을 긁어모
아 다시 상자 안의 우주를 바라보곤 했어요.
똑같아 보였어요. 양 박사님이 떠나던 그 하늘과,
닿을지 모를 빛을 멀리멀리 보내는 그 외로움이.

한숨을 쉬면서 모니터에서 눈을 떼고 별다른 패턴 없
는 하얀 천장을 바라봤어요. 한밤중이어서 책상의 스
탠드 빛이 조금 닿는 것 말곤 보이는 것도 없었죠. 애
초에 아무 무늬도 없는 천장이었지만요. 그런데 별안
간 희미한 선이 보였어요. 원래부터 있었던 선은 아
니었어요. 낮에는 볼 수 없었던 선이니까요. 의자를
기울이니 시차 때문에 천장에 묻어나지 않고 슬쩍 움
직이는 게 보였어요. 공중에 떠 있다는 뜻이었죠.

파트 1.414213…

다시 책상을 바라봤어요. 상자의 구멍 난 면이 천장을 향해 있었죠. 로봇이 안에서 빛을 발하는 채로요.

저는 홀린 듯이 정체불명의 선에 시선을 집중한 채 상자를 살짝 기울여 봤어요. 그러니까 공중에 떠 있는 선 역시 같은 각도로 기울어지더군요.

그때 제 머릿속에는 작은 환희가 피어올랐어요.

왜 그동안 깨닫지 못했던 걸까요. 빛이 그렇게 어지러이 산란하고, 전자살이 내부에 그렇게 가득할 수 있다면, 그것들이 구멍으로 나올 수도 있다는 생각을.

답은 상자 안에 있지 않았어요. 바깥에 있었죠. 상자 안을 샅샅이 파헤칠 게 아니라, 그 전체를 봐야 했어요.

저는 서둘러 창고에서 가장 강한 광도의 레이저를 꺼내 왔어요. 상자를 가만히 고정시키고, 레이저의 빛을 한쪽 구멍에서 다른 한쪽 구멍을 향해 관통하도록 조사했죠.

어떤 결과가 나왔는지는, 박사님이 더 잘 아시겠죠.
지구 모양 홀로그램이 나오더군요.
참, 어처구니가 없었죠…. 당신이라면 이걸 만들면서 이렇게 말했겠죠?
우주에서 본 지구는 아름다웠다고.

원자의 존재 분포와 에너지 준위를 인위적으로 조작하고, 그것도 모자라 입자살과 빛으로 의도적인 형태의 홀로그램을 그린다?

이건 우리 문명이 할 수 있는 일이 아니에요. 21세기의 인류가 할 수 있는 일이 아니에요.
당신은 만났던 거겠죠. 그 경계 너머, 저 멀리 어딘가에서.
분명 조금만 더 도달하면 됐을 테고, 그러려면 돌아올 연료를 모두 써야만 했겠죠. 당신은 재회보다 조우를 선택할 사람이었으니까요.

그리고 이걸 만든 거죠? 그들과 함께…. 홀로 만들었다곤 생각되지 않으니까요. 이건 명백히 외계의 기술이에요.
그러니까 이 상자, 선물인 거죠? 그렇죠? 그렇게 해석해도 되는 거겠죠?
상자는 아직도 제 책상 위에 있어요.
로봇은 다시 마이크로튜브에 봉해져 있고요.

미안해요. 사실이라면 오늘은 더 쓸 기분이 아니네요.

Yeong BAEK, PhD
y_baek@wri.co.kr

파트 1.414213…

*

　그 빛의 궤적 속에서 바라던 이해에 닿아, 당신은 내가 당신을 포기하길 바랐다는 걸 알게 되었지만, 그 끝에 존재할 당신은 너무 외롭지 않을까.

　그렇다면 내 답은 당신을 포기하지 않는 것이었다.

　백영은 스스로에게 되뇌며, 벅찬 가슴을 추스리곤, 아직 손을 뻗는다면 충분히 닿을 수 있을 대공을 떠올리며 마지막이자 새로운 시작이 될 편지를 적어 내렸다.

[돌아올 것도 아니면서 하필 운석에 우주에서 바라본 지구의 모습을 작별 인사와 함께 보낸다? 그것도 제 뒷마당에 넌지시 던져 놓을 정도로 태평하게?]
2044.08.23. Tue. AM 08:54 KST

아마 당신의 감상을 담은 거라면 우주에서 바라본 모습을 담았겠지만, 그래선 태양에 비치는 지구의 일부만이 보일 뿐이잖아요. 당신이 보낸 이건, 그냥 온전한 지구의 모습이에요. 마치 기념으로 찍어서 남에게 선물할 만한 모습이라고요.

양 박사님은 자기 감상을 담았다고 제가 생각하길 바라셨겠지만, 이건 아무리 봐도 작별 선물이잖아요.

진짜 욕하고 싶어요.
왜 당신이 이런 짓을 했을지 생각해 봤어요.
하지만 모든 의문에 적당한 답이 있는 건 아니잖아요. 이것도 그런 유의 의문 같더군요. 늘 제멋대로였던 사람이었으니.

그날 당신이 바라봤던 풍경은 분명 당신이 줄곧 바라 왔던 풍경이었겠죠. 목표에 닿은 거잖아요. 그리고 어쩌면… 살아 있을 수도 있는 거잖아요. 이건 너무 낙관일까요? 하지만 줄곧 이런 가능성을 바라 왔다고요.

파트 1.414213…

어쨌든, 선물을 받았다면 저도 답장을 해야겠죠.

그러니 저도 빛을 보낼게요. 살아 있는지도 모르겠
지만, 그곳까지 갈 수 있을지는 모르겠지만, 광속조
차 아득한 거리겠지만. 그래도… 전할 거예요.

아무리 희미한 빛이라도 언젠가는 닿을 수 있겠죠.
우리 은하의 질량에 비하면 하잘것없는 이 작은 상
자도, 지금 이곳에 도달할 수 있었던 것처럼.
그럼 답장 기다릴게요.

백영 드림.

Yeong BAEK, PhD
y_baek@wri.co.kr

Unexpected Error

Transversable stability
is too low (900)

OK

빛을 보내야 한다. 답장을 보내야 한다.

백영을 사로잡은 단 하나의 생각이었다.

백영은 대공을 향해 빛을 보낼 수 있는 방법을 몇 개월 동안 모색했다. 한 달 뒤, 3월부터 5월까지 3개월 동안은 카스피해 인근 2400km 위 상공 부근에 대공이 위치할 것이다. 개인이 가진 장비로 그곳까지, 혹은 그 너머까지 빛을 보내는 일은 무리겠지만 백영에게는 웜홀 기술 연구소라는 소속이라는 특수한 신분이 있었다. 그리고 연구소는 우주국과 협력 관계였다. 우주국이 관리하는 우주 항로 관제 시스템에 접근하는 건 그리 어려운 일이 아니었다. 양서아에게 보낼 빛의 신호를 일단 만들어 내기만 하면 신호를 보내는 일에 다른 방해는 없을 거라고 백영은 어느 정도 확신할 수 있었다. 그리고 이 모든 것에 있어 가장 핵심적일 무언가는 가장 익숙한 장소에 있을 터였다.

파트 2

생사는 알 수 없었다. 양서아가 보낸 상자, 이 선물은 양서아 자신의 최후에 대한 어떤 증명일지도 모르는 일이었다. 극단의 가능성만이 아른거렸음에도 백영은 차마 포기를 선택할 수 없었다. 누군가의 죽음을 확신하기 위해서는 안타깝고 슬프게도 차갑게 식은 그 사람의 육신을 일부만이라도 두 눈으로 확인하는 수밖에 없었고, 백영은 결코 그럴 수 없었기 때문에 그저 헛될지도 모를 한 줌 가능성을 붙잡을 뿐이었다.

그 사람이 마지막까지 외로워서는 안 되는 거잖아. 그런 끝을 맞이하기에 당신은 너무 빛나는 사람이었잖아. 백영은 이제서야 양서아에 대한 감정을 정확히 꿰뚫을 수 있었다. 다들 동경을 사랑으로 착각하곤 한다는데, 우정을 사랑으로 착각하곤 한다는데, 나는 그 반대였던 거야. 바보였던 거라고. 아니, 정확히는 자각하고 있었다. 두려웠다. 이 마음을 전하면 오히려 더 멀어질까 봐. 그러니 현상 유지라도 해야겠다며 용기 없이 제자리를 맴돌았다.

백영은 더 지체하지 않았다. 전해지지 못한, 전해지리라 확신하지 못할 마음을 가림 없이 한 줄 한 줄 적어 내려갔다. 한시라도 서둘러 양서아의 생사를 확인하고 싶었고, 그래야만 했다. 이내 화면을 수놓던 문장은 무엇보다도 소중한 빛의 신호로 환원되었다. 그것을 담은 데이터를 USB에 옮긴 뒤, 백영은 세 번째 파멸을 지났음에도 살아남은 신의 안배와 자신의 처지에 감사하며 다시금 삶의 이유를 되새기기 위해 양서아가 오래도록 머물렀던 곳으로 향했다. 이제서야 마주할 용기를 손에 쥘 수 있었다. 너무 오랜 시간이 흐른 뒤였지만, 과거로 돌아갈 수 없다면 오늘은 항상 내일보다 빨랐다. 그렇기에 백영은 지금 바로 움직였다.

언젠가 들었던 현관 비밀번호는 바뀌지 않은 채였다. 일찍이 부모의 가정 폭력으로부터 격리되어 보호소나 쉼터에서 자란 양서아였기에 마땅한 연고자가 없기 때문이었다. 제아무리 사망이 유력하게 유추되는 정황인들 실종이 사망으로 처리되기까지는 법적인 시간이 필요했고—그리고 그 시간은 이제 얼마 남지 않았지만—양서아는 그렇게 산 것도 죽은 것도 아닌 채 이곳에 거처였던 곳만을 덩그러니 남겨 두고 있었다. 그리고 백영을 제외한 그 누구도 이곳에 출입하지 않았다는 방증이 연이어 포착됐다.

가지런히 정리된 채 방치된 흔적이 남은 신발 몇몇이 백영을 맞이했다. 그 다음은 오래도록 환기가 이루어지지 않은 듯한 눅눅하고 퀴퀴한 실내의 감각이었다. 복도에 발을 내디딜 때마다 눈을 밟듯 먼지 위에 발자국이 남았다. 어딘가 쓸쓸한 느낌이었다. 백영은 양서아를 동정하지 않으려 노력하며 복잡하게 북받치는 감정을 억눌렀다.

백영은 자신이 재스민 차를 내밀었던 부엌을 바

파트 2

라봤다. 향이 아직까지도 남아 있는 것만 같았다. 다소 야트막하고 작은 거실을 지나 양서아가 박혀 있었던 방으로 향했다. 눈앞에 보이는 풍경은 이토록 적막하고 오래된 채인데도 기억은 오감을 왜곡해 마치 방금까지도 누군가 살았던 것만 같았다. 그러나 그것은 자신의 바람이 만든 조작일 뿐 현실이 아님을 백영은 알았다. 백영은 그 괴리감에 잠시 콧잔등이 시큰해지는 걸 느낀 뒤 먹먹해진 코를 먹으며, 양서아의 흔적이 가장 진하게 남아 있을지 모를 책상을 바라보았다. 백영은 각종 서적과 서류 따위로 어지러운 책상에 무의식적으로 손을 뻗어 아무 종이나 집어 올렸다. 양서아가 적고 꿈꿨던 가능성을 읽는다. 양서아가 대공 너머로 떠난 이유가 그곳에 적혀 있었다. 소중한 사람을 위해서. 대공 너머의 그들을 이용하여. 그런 바랜 문장들. 백영은 양서아의 소중한 사람이란 누구였을지 질투와 부러움이 섞인 감정을 조금 느꼈다가, 지금 와서 그런 게 다 무슨 소용이냐며 고개를 저었다. 일부러 자세히 읽지 않으며 이입하지 않으려 했다.

그리고 이어지는 그 모든 내용에 상자의 경이로운 특징이 들어맞았다. 양서아가 추측한 대공 건너편 그들의 모습은 옳았다. 그들은 우리보다도 훨씬 진보된 과학기술을 가지고 있었다. 양서아는 틀리지 않았다. 백영은 무엇보다도 그 사실이 사무쳐서 애써 울음을 참았다.

양서아가 언젠가 소개했던 그 장비들을 찾기 위해 벽장을 열었다. 조악해 보이는 무전기나 라디오 따위가 한 상자에 담겨 있었다. 자신이 모르는 누군가와, 혹은 무언가와 닿을 수 있을지도 모른다는 기대감을 좋아했다고 양서아는 말했었다. 그러니 당신과 연락하기 위해서는 이것들을 이용하는 게 가장 적절할 것 같다며 백영은 혼자뿐인 먼지 쌓인 방에서 작게 중얼거렸다.

양서아의 아마추어 무전 장비를 작동시킨 뒤 가져온 노트북에 연결했다. 양서아에게 보낼 신호 정보를 담은 USB는 무전 장비에 연결했다. 장비를 조작하자 무언가 작동하는 듯 보였다. 노트북의 화면을 통해 확인하니 장비는 신호를 성공적으로 만들어 내고 있었다. 그것이 마치 그리운 사람의 생동하는 심장박동 같아서, 그러길 바라서 백영은 한동안 말없이 신호를 그저 바라보았다.

[Unexpected Error : Transversable stability is too low (900)]

시뮬레이션이 돌연 팝업을 깜빡였다가 맥없이 꺼져 버렸다. 조정 가능한 변수를 아무리 변화시켜 봐도 늘 같은 부분에서 오류를 내뿜었다. 신호가 대공을 모방한 인공 웜홀을 통과하는 시점에서 같은 문제를 반복해서 일으키고 있었다.

파트 2

백영은 다시 변수를 되짚고 되짚길 반복했으나 더 이상의 조정은 불가능했다. 대공에 대한 값들은 (당연하게도) 상수였기에 건드릴 수 없었고, 송신 장비의 한계로 인해 변수에도 엄격한 상한과 하한이 존재했기 때문이었다. 지금의 조건에서는 모든 변수가 절묘하게 맞아떨어지는 아름다운 라그랑주 점[3] 같은 조화가 존재할 수 없었다.

아무리 반추해 봐도 문제는 통제 불가능한 부분에서 빚어진 것이 틀림없어 보였다. 특히 저 오류 메시지를 보아하면 대공 자체의 안정도가 가장 큰 문제였다. 양서아가 발견했던 것처럼 인류가 만든 대공은 그들이 만든 웜홀보다 현격히 낮은 안정도를 지니고 있었다. 그들이 대공을 통해 보내온 두 번째 회신의 내용을 제대로 알아볼 수 없었던 이유도 이것 때문이었다. 낮은 안정도 탓에 파형이 찌그러지다 못해 훼손되었던 것이다. 그 두 번째 회신이 대공에 대한 의문과 우려를 표하는 내용을 담고 있었을지 백영은 생각해 보았다가, 확인할 수 없으니 그 상상에 큰 의미를 두지 않기로 했다. 어쨌거나 양서아는 대공을 건너갔고, 그만큼 견고한 질량체는 무리 없이 대공을 통과할 수 있을지 몰랐지만, 질량이 없는 빛에 대해선 성공을 장담할 수 없었다.

---

3) Lagrangian Point. 큰 질량의 천체를 중심으로 공전하는 천체가 존재할 때, 그 두 천체에 비해 무시할 수 있을 정도로 작은 질량을 가진 물체가 중력의 평형을 이뤄 (두 천체에 대해 상대적으로) 정지할 수 있는 지점. 일반해를 구할 수 없다고 증명된 삼체문제의 특수해에 해당한다.

백영은 CLI[4] 창에서 깜빡이는 커서의 주기에 맞춰 손가락으로 책상을 산만하게 두드렸다. 결국 대공 자체가 문제였다. 부족한 기술력으로 만들어져 예측 규모 이상으로 확대되어 버린 그 비정상 웜홀. 백영은 무수한 조건들과 씨름하듯 며칠을 지새우며 모든 변수가 조화를 이루는 최적의 지점을 찾고자 노력했지만 아무리 조건을 조정한들 반복해서 도달한 결론은 하나였다. 대공의 안정도를 어떻게든 올려야 한다는 것. 하지만 어떻게?

대공의 조작 가능성은 차치하고, 일단 대공의 성질을 다시 되짚기로 했다. 대공의 형태인 모리스-카시미르 웜홀을 설명하는 계량은 지독히도 많이 봐 온 것이었다. 그렇다면, 아마 지금 대공의 조건이라면, 안정도에 가장 큰 영향을 미치는 요소는 대공의 반지름일 터. 백영의 계산상으론 대공에 대해 아주 조금의 확장만 이루어진다면 그 너머로 빛의 신호를 보다 적은 왜곡으로 보낼 수 있을지 몰랐다.

그리고 최소한의 정보 훼손을 만들어 내는 대공의 안정도를 만드는 데 필요한 확장의 수준은, 아무리 검토해도 위험부담이 적을 정도로 작은 크기를 가지고 있었다.

---

4) Command-Line Interface. 아이콘 따위의 그래픽으로 이루어진 GUI(Graphical User Interface)와는 다르게, 명령어를 직접 입력해야만 기능을 수행할 수 있는 인터페이스의 일종. 이공계열에서 사용하는 연구용 프로그램의 경우 CLI 환경에서만 구동되는 경우가 종종 있다.

이윽고 백영은 어떻게든 대공의 확장을 이뤄 내야 한다는 결론에 이르렀다.

다만 그 결론은 너무나 이론적이어서 현실에 쉽게 적용할 수 없었다. 대공은 파멸의 근원이다. 인류가 그것을 가만히 두었겠는가? 우주국은 대공에 대한 접근을 통제했고 양서아의 대공 횡단 이후로 통제가 더욱 엄격해진 상태였다. 양서아가 그러했듯 과거에는 마음만 먹는다면 통제를 돌파할 수 있을지 몰랐으나 지금은 불가능했다. 대공의 확장을 위해서는 처음 그것이 생성될 때 그러했던 것처럼 위상 물질을 흘려 넣어야만 했다. 어떻게든.

양서아에게 닿아야만 했으니까. 그에게 전해야 할 말이 있었으니. 마음에 늦는 때는 없는 것이라고 백영은 믿었으므로, 끝내는 윤리 같은 것들마저 포기한 채, 백영은 조금은 위험하면서도 위법적인 방법을 생각해 낼 수 있었다. 욕심이 만든 무모함과 결과가 부를 손해를 저울질하던 백영은 양서아에 대한 감정 앞에서 올바른 판단을 내릴 수 없었기에, 그는 끝내 그 방법을 실행에 옮기기로 결정했다.

백영은 우주 항로 관제 시스템에 표시된 무인 화물선들이 각자의 궤적을 그리면서 나타나고 사라지길 반복하며 나아가는 모습을 바라보았다. 그리고 '우주 항로 관제 시스템'이 '워프 드라이브 관제 시스템'으로 불렸던 시절의 궤적을 떠올렸다. 웜홀이 생성되고 사라지길 반복하며 수많은 유인선과 무인선이 화면에서 순간 이동을 해냈었다. 시스템이 지금의 이름이 된 건 대파멸 이후였다. 그러니까, 최초의 대파멸 말이다. 대파멸을 계기로 더 이상 근지구 범위에 유인선은 존재하지 않게 되었으며 유인 외 우주 탐사는 금기가 되었다. 되짚을수록 대공을 가로지른다는 양서아의 선택은 더없이 유례없고도 무모한 일이었다고 백영은 문득 생각했다.

대공을 확장하고자 백영이 생각한 방법은 지금 근지구를 날아다니는 무인선을 이용하는 것이었다. 항공기를 이용한 화물 수송을 완벽히 대체해 버린, 근지구 워프 드라이브 무인 화물선을.

먼저 백영은 대공을 통해 전해지는 하말리우스의 '찌그러진' 전자기파의 특성을 분석했다. 대공과의 거리에 따른 일반화를 거친 뒤 대공에 가장 가까이 접근하는 정기 무인선 궤도에 이를 대입했다. 그로써 얻어 낸 전자기파의 특성에 반응하는 장치를 만드는 건 생각보다 어렵지 않았다. 장치에 대공을 확장할 위상 물질을 담아낸 뒤 지구 건너편에 거주할 가상의 친구에게 보내는 소포를 가장하여 정기 무인선에 실어 보냈다. 무인선이 대공에 근접하는 순간 장치가 작동하여 무인선을 폭파시킨 뒤 그 반동을 통해 위상 물질은 대공을 향해 날아갈 것이다.

그리고 백영에게는 확신이 있었다. 자신이 촉발할 이 '사건'이 물질적인 피해를 낳을지언정 더 이상의 인명 피해는 내지 않을 거라는 확신이. 대파멸은 누구도 예측할 수 없었던 작은 오차로부터 기인했고 백영은 위상 물질 제어의 책임자로서 그날로부터 가능한 모든 경우의 수를 줄곧 검토해 왔다. 양서아가 방에 틀어박히기 전까지, 끝도 없이 그와 토론하며 논의했다. 특히 위상 물질의 불안정에 대한 부분은 연구소의 그 누구도 자신만큼 기민하게 알 수 없을 거라는 자신감이 백영에게는 있었다. 그러므로 이 일은 성공할 수밖에 없으리라고 백영은 생각했다.

하여간 양서아나 본인이나 이런 미친 생각이나 한다며, 백영은 시스템에 표시된 해당 무인선의 궤도를 눈으로 좇으며 헛웃음을 흘렸다. 적발되는 즉시 해당 무인선에 화물을 실어 보냈던 사람들에 대한 전수 조사가 이뤄질 테고 백영이 범인으로 지목되는 건 시간문제였다. 그렇기에 장치가 작동해 대공이 확장 및 안정되는 시점에 맞춰 빛을 보내야만 했다. 그래야만 그 애달픈 조각들이 양서아에게 닿을 수 있을지 모르니까. 확신할 수도 없는 일에 백영은 폭탄을 들고 뛰어드는 방법을 선택했다. 그는 이렇게나 비이성적인 감정이 없다며 다시금 양서아를 떠올렸다.

양서아가 사용했던 아마추어 무선 장비에 신호 정보가 담긴 USB를 연결한 뒤 장비를 우주 항로 관제 시스템에 연결했다. 시스템이 이루는 관제는 신호 송신으로 이루어졌으니 이를 통해 대공을 향해, 혹은 그 너머를 향해 신호를 보내는 것도 가능했다. 어떻게 이런 거대한 시스템이 일개 연구원에게 개방되어 있는 건지는 몰라도 아마 이 일을 계기로 권한 제한이 까다로워지겠거니 백영은 생각하며 양서아에게 닿을지 모를 빛을 보내기 위해 기다렸다.

그리고 시스템상에서 백영이 줄곧 지켜보았던 무인선의 신호가 끊어지는 모습이 포착됐다. 대공이 확장되는 시점까지의 아주 짧은 시간이 영겁처럼 느껴졌다. 백영은 차마 잊을 수 없이 소중한 참새 키링을 한 손으로 만지작거리며, 마침내 오래도록 전하지 못했던 무언가를 보내기 위해 송신 명령을 내렸다.

"대체 무슨 일을 벌인 거예요, 백영 박사?"

백영의 양손을 결박한 철제 테이블의 건너편에 앉은 유성원 본부장이 백영을 바라보며 물어 왔다. 그 표정은 분노라기보단 황당에 가까워 보였다.

"어떻게 이런 말도 안 되는 짓을⋯."

백영은 어쩔 수 없었다는 듯 웃어 보였다. 그 스스로도 상황에 어울리지 않는 반응이라는 걸 알았지만 달리 선택지가 없었다. 본부장은 이해할 수 없다는 듯 여전히 굳은 표정으로 되물었다.

"그 전파에 담은 메시지는 대체 뭐였고요. 정말 양서아 박사한테 보내려고 그 모든 일을 벌인 거예요? 위상 물질을 제조하고, 그걸 대공에 넣어서 확장시켰는데…. 아니, 그 과정에서 무인선도 하나 날려먹고. 이걸 고작 그 전파 하나 보내겠다고 한 일이라고요? 그것도 죽은 사람한테?"

"죽었을지 살았을지는 모르는 일이잖아요."

백영은 죽은 사람이라는 단어에 반응하며 예민하게 대답했다.

"그럼 백영 박사가 어떻게 양서아 박사를 살아 있다 생각하는지에 대한 근거나 들어 봅시다."

백영은 답할 수 없었다. 대공 너머에서 온 상자에 자신의 성이 적혀 있었고 그런 걸 보낼 수 있는 사람은 양서아밖에 없었다, 그러니 양서아는 대공 너머에 살아 있을 것이다, 같은 소리를 어떻게 하겠는가? 백영에게는 한 치의 의심도 품을 수 없는 논리였지만 타인에게는 말도 안 되는 이상한 소리로 들릴 것이 분명할뿐더러, 그 상자의 존재를 말하는 이상 수색과 동시에 압수당할 것이 뻔한 상황에서 쓸데없이 입을 놀릴 수는 없었다. 백영은 침묵을 선택했다.

"말 못 하잖아요. 터무니없는 소리인 거 알잖아요. 다시 물어볼게요. 대체 무슨 일을 벌인 건지 알고 있기나 해요?"

"본부장님께서 말씀하신 대로죠."

본부장은 어이없이 한숨을 쉬며 오른손으로 양쪽 관자놀이를 문질렀다.

"그렇게 유능한 사람이 이런 미친 짓을 저질러요?"

백영은 말없이 웃을 뿐이었다.

"그, 하아. 집이고 뭐고 지금 전부 수사 중인 거 알죠. 워프 드라이브 쪽은 아무리 작은 문제라도 중범죄 삼으니까."

예상은 했지만 생각보다 광범위한 곳까지도 뒤지고 있는 모양이었다. 물론 이럴 줄 알고 혐의를 확신할 수 있을 만한 증거들은 모두 다른 곳에 숨겨 두었다. 예전이라면 상상도 못 했을 일이었다. 하지만 지금 백영에겐 당장 구금당해선 안 될 이유가 있었다. 다시 돌아올지 모를 양서아의 답장을 기다려야 했다. 그것에 너무나 절박해서, 당신의 선물이 당신의 끝에 대한 증명이 아닐 거라고 얄팍한 가능성을 믿고 기대했다.

"나는 지금 백영 씨 보호해 주려고 이러는 거야. 최대한 협조 좀 해 줘요. 내가 백영 씨 몇 년을 봤는데."
"제가 대학생이었던 시절부터 봐 오셨죠. 그 점에 대해선 죄송해요."
"하…. 그래. 백영 씨, 지금 말 잘했다."

파트 2

본부장은 안경을 벗더니 마른세수를 하곤 천천히 눈을 뜨며 백영을 응시하며 말을 이었다.

"영아. 지금부턴 내가 니 직장 상사 아니다? 그냥 오래 봐 온 사람으로서 얘기하는데, 너 지금 제정신 아니야. 물론 이렇게 된 세상에서 제정신을 유지하는 게 더 힘들긴 하지만. 그런데 이건 정말 아닌 것 같아, 영아. 솔직하게 말해. 그래도 괜찮아. 많이 힘들었어? 대파멸 때문에?"

"…그건 아니에요."

"아니야, 나도 힘들었어. 너무 많은 사람이 희생됐잖아. 욕심 하나 때문에. 그깟 외계인 만나겠다고 설레서 정말 작은 실수 하나 제대로 못 알아봤다가 전부 다 망했잖아. 그런데 영아. 지금도 똑같아. 전파 하나 때문에 대공을—"

"아니라고요."

"영아, 힘들더라도 바로 봐야 해. 같이 해 보자, 응?"

당신에게도 그런 말을 했었다. 그때 당신의 대답은 지금 돌아보기에 너무나…. 백영은 사고의 흐름을 언어로 포착해 내지 못한다. 현재에도 과거에도 집중하지 못한 채 고개를 숙인다.

"할 수 있을 거야."

"어떻게요?"

양서아가 자신을 희생하면서도 해내지 못한 일을 고작 내가 어떻게 해낼 수 있다는 걸까.

"지금부터 알아 가면 되지."

그 말이 마치 자신이 양서아에게 뱉었던 무책임한 말들 같아서, 백영은 제자리에 머무를 뿐이었다.

"…이게 제 방법이었어요. 이게 제 답이었고—"
"그건 미친 짓이었다고 몇 번을 말해!"

듣다 못한 유성원 본부장이 자리를 박차고 일어나며 지금껏 들은 적 없던 목소리로 고함쳤다.

"만약 저번처럼 우리, 아니, 니 예상이 잘못됐으면 어쩌려고 그랬어? 확률 바깥의 일이 벌어지면 또 어쩌려고 그랬는데? 만약 대공이 말도 안 되게 커졌으면? 대공이 붕괴할 수도 있었어. 그럼 그냥 다 끝나는 거야. 니가 인류를 멸종시킬 수도 있었다고!"
"결과적으로는—"
"넌 지금 도망치고 있는 거야! 니 잘못을 포함해 전부로부터!"

백영을 크게 다그치던 본부장은 한참 동안 숨을 몰아쉬더니, 자신이 앉아 있던 의자를 세게 걷어차곤 다시금 씩씩댔다. 면회실에 의자가 나뒹구는 소리가 요란스럽게 울려 퍼졌다. 몇 초 뒤 테이블 아래로 주저앉은 본부장은 흥분을 가라앉힌 듯 직전보다 조용한 목소리로 말했다.

"영아, 그냥… 나는 지금… 이게 다 뭔가 싶어."

파트 2

문장이 이어질수록 그의 목소리는 울음에 잠겨 흐려져만 갔다.

"우리는 죄인이야. 죽음을 마주하고 책임져야 할 사람들이야. 더 이상의 잘못은 안 돼. 대공이 소멸하기까지 반복되는 파멸을 대비하는 것만으로도 우리는 충분히 힘든데, 다시 대파멸이 반복될까 봐. 난 그게 무섭다, 영아⋯."

본부장은 백영이 아는 한 대공이 열린 이래로 대파멸과 관련된 일련의 모든 가능성을 가장 두려워하는 사람이었다. 대공이 돌아올 때마다 반복되는 파멸을 대비하는 방법 대부분은 본부장이 고안했을 정도로. 그러므로 백영이 회피하는 태도를 보이자마자 화를 낸 것도 백영은 이해할 수 있었다. 그는 그저 파멸을 겁내는 평범한 사람이었다.

이 모든 일이 누구도 예상치 못한 작은 오차로부터 발생했다는 걸, 본부장만큼은 정확히 알고 있었다. 그러므로 본부장은 그날 백영을 탓하지 않았다. 탓하는 것은 자신의 책임으로부터 회피하는 일이라면서.

"더 나빠지지만 말자, 우리. 응?"

본부장은 백영과 달랐다. 그는 도망치지 않았다. 나아질 수 없는 상황일지라도 더 나빠지기만은 절대로 선택하지 않는 사람이었다. 백영이 이미 떠난 양서아에게 집착했던 것처럼 다른 곳을 보지도 않았고, 봐야만 하는 것을 똑바로 직시하는 사람이었다. 두려워하면서도 그것에 끝내 굴하지 않는 사람.

"…그냥 제가…."

그리고 그런 본부장의 시선은 이제 백영을 향했다. 정리되지 않은 말이 제멋대로 입 밖으로 나선다. 말해야 할 것만 같다.

"제가 그분을 너무 많이 좋아했나 봐요."

더 나빠지지 않으려면, 어떻게 해야 할까.

"아니에요. 이건 그 사람을 모욕하는 일이죠. 그 사람을 탓하는 거예요."

정말 더 나아질 수 없는 걸까.

"이건 제가 감당할 제 잘못이 맞아요."

지금까지 당신이란 명분을 내세워 마땅한 것으로부터 도망치고 있던 게 아닐까. 양서아에게 내밀었던 손은 그를 돕기 위한 것이 아니라 자신을 돕기 위한 것이었음을 백영은 뒤늦게 깨달았다.

"그러니까…."

그러므로 당신이 떠난 것은, 나를 벌주기 위함이 아닐까. 숙인 고개로부터 주먹 쥔 손등으로 따뜻한 눈물이 한 방울 떨어진다.

"제 손으로 해결하고 싶어요."

백영은 드디어 자신의 잘못을 후회한다.

파트 2

보다 정확히는, 양서아의 앞에 섰을 때 부끄럽지 않을 선택을 하기로 결정한다.

한번 터져 나오기 시작한 서러움은 끝도 없이 이어져 결국 백영은 상자에 대한 것을 털어놓았다. 모든 게 자신의 이기심에서 비롯된 일이었다. 양서아에게 다시 닿을 수 있을지 모른다는 가느다란 희망 단 한 줄기 때문에 절박했다고. 유성원 본부장은 말해 줘서 고맙다며, 그래도 책임을 피할 순 없으니 당분간은 유치장에서 머물러야 할 거라고 말했다.

백영은 차라리 후련한 느낌이었다. 그렇게 생각하며 차가운 바닥에 몸을 누이니 다시금 감정이 사무치기만 했다. 왜 우리는 이렇게나 엇갈리고 마는 걸까. 정말 다시 만날 수는 없는 걸까. 나는 이런 일을 벌이고도 결국 당신께 닿을 수 없는 걸까. 만약 다시 만난다면 나는 반가움보다 미안함을 먼저 표해야 하는 걸까.

작은 철창 너머로 언뜻 대공의 모습이 비쳐 보이는 것도 같았다. 시야 사이로 빛줄기가 하나 밤하늘에 스쳤다. 유성일까. 이런 상황에서도 여전히 자연은 아름다울 수 있는 걸까. 그렇게 생각할 즈음 또 다른 살별이 길게 꼬리를 그리며 소멸해 갔다. 이렇게 짧은 주기로 떨어지는 건 흔치 않은데. 이맘때 즈음 육안으로 관측할 수 있는 유성우는 예정되어 있지 않았다. 뭔가 이상했다.

백영은 자리에서 일어나 창밖을 향해 고개를 들었다. 또 하나 빛이 추락했다. 한 번은 실수, 두 번은 우연, 세 번은 의도다. 유성의 궤도가 대공에 의해 크게 바뀌었으니 자연 유성우는 관측하기 더 힘들어졌을 텐데, 말도 안 되는 일이 벌어지고 있었다.

그리고 비처럼 별이 꼬리를 달고 지상에 내려온다. 이제는 분명히 알 수 있었다. 확언할 수 있었다. 저것들은 백영 자신의 집에 떨어졌던 운석과 같은 것들이었다. 백영은 유독 분명한 별 하나의 궤적이 자신의 창문 바로 앞을 향하고 있다는 사실을 깨닫고는 팔로 머리를 감싸며 몸을 숙였다. 이윽고 그날과 같은 굉음이 들려왔다.

유치장 주변이 소란스러워지기 시작했다. 백영은 그런 소음 따위에 관심을 줄 겨를이 없었다. 너무나 분명한 기시감에 창문 너머를 바라보며 운석이 떨어진 지점을 찾았다.

마침내 백영의 눈에 들어온 운석은 정확히 반으로 갈라져 있었다.

자신이 보았던 것처럼, 상자를 품은 채로.

파트 2

파트 3

"그러면 안 된다니까요!"

"백영 박사, 진정해요."

보폭을 넓게 벌려 빠르게 앞서 걷던 유성원은 관자놀이를 짚으며 깊은 한숨을 쉬었다. 백영 역시도 발걸음을 재촉하며 유성원의 뒤를 따랐다.

"저번에 한 진술, 그거 백영 박사한테 꽤 치명적이 었던 거 알죠? 지금 이 상태만 하더라도 내가 충분 히 손쓴 거예요. 그러니까 제발, 가만히 있어요."

전례 없던 대규모 외계 운석 도착 사태에 대해 최 초 발견자인 백영 박사의 조언이 필요할지 모른다. 단, 새로운 상자에 대한 모든 접근은 배제한 채로. 그렇게 주장하여 백영을 임시 구금 상태에서 빼내 온 사람은 유성원이었다.

"그 상자는 제가 봐야 한다니까요!"

"적어도 백영 박사가 집에서 했다는 분석보다는 분명한 결과일 거예요."

"그러니까!"

백영은 결국 유성원을 앞질러 앞을 가로막았다. 유성원이 엄지와 검지로 안경을 짚은 채 줄곧 내려가 있던 안경을 고쳐 쓰며 언짢은 표정으로 백영을 바라보았다.

"대공을 닫는 방법이라뇨. 그게 그런 내용일 리 없다고요."

그건 백영 자신을 향한 선물이었다고 백영은 믿고 있었다. 그런데 그런 선물에 대공을 닫는 방법 따위가 적혀 있었다니, 영영 단절될 일만 남은 거라니.

유성원은 다시금 한숨을 쉬곤 백영의 어깨에 손을 올렸다.

"백영 박사, 당신은 너무 편향되어 있어요. 상자의 연구에 적합하지 않다고요. 모든 가능성을 열어 두는 것이 이런 상황에서의 기본인데, 솔직히 지금 지위를 되찾은 정도만 해도 나에게 고마워해야 할 판이라고요."

그러고는 유성원은 다시 발걸음을 옮겼다. 백영은 뒤를 따르며 계속해서 유성원을 설득했다.

"그건 물론 감사드려요. 하지만…."
"대공과 최고 근접해서 파멸이 돌아오기까지 고작 한 달 남았어요. 아무리 우리가 대비를 한다고 해도, 모든 사람을 구할 수 있는 건 아니라는 거, 알죠? 그런데 대공을 닫으면 구할 수 있어요. 전부. 확실하게."

유성원은 단호히 말하곤 백영에게 눈길도 주지 않은 채로 아무 대꾸 없는 백영을 뒤로하며 복도를 돌아 어디론가 사라졌다.

"그럼 그 방법이라도 보여 달라니까요!"

백영은 유성원이 떠난 복도에 소리쳤지만 당연하게도 유성원의 대답은 돌아오지 않았다. 웜홀은 내 전공인데, 방법도 안 보여 주고 이러면 대체 뭘 하라는 거야. 반쪽짜리 복권이잖아. 아니, 반보다도 못하지. 그냥 연구소 출입 권한만 얻은 꼴이잖아. 정작 중요한 건 상자인데 그 자체는 물론이고 정보에도 접근을 못 하니….

그런 생각을 머릿속으로 중얼거리며 무작정 걷다 보니 어느새 도착한 곳은 양서아의 연구실 앞이었다. 이런 곳에 해답이 있는 것도 아닌데, 어쩌자고 여길 왔는지도 모를 일이었다. 그러나 열리지 않는 그 문 앞에 대고 몇 마디만큼은 말할 수 있었다.

"대체 뭘 바랐던 거예요."

이름 적힌 문은 침묵을 유지했다. 그 이름 곁에 지난한 날들의 사투가 덧씌워져 허공을 부유하는 것만 같다. 무작정 대공 너머로 가겠다며 소리쳤던 일도, 떠난 일부터 상자를 보낸 일까지 전부 거짓말이라며 부정했던 일도, 당신의 애정을 확인하기 위해 그동안 주고받았던 모든 메일을 뒤져 보았던 일도, 한 줌도 채 되지 않는 그 작은 참새 키링을 어루만지며 며칠을 보냈던 일도. 그 모든 일들이 끝내 응어리져 한탄을 토해 낼 것만 같은데. 그런데. 자신의 행동만이 선명할 뿐 당신의 행적은 이제 흐릿하기만 했다.

"…이젠 당신 목소리도 잘 기억나지 않는데…."

왜 이러고 있는 걸까요. 저도 모르겠어요. 백영은 뒷말을 삼켰다. 여전한 것은 주머니 속의 참새 키링뿐이었다.

백영은 아무도 들어오지 않는 자신의 연구실에 앉아 잠시일지 영겁일지 모를 시간을 보냈다. 천장의 무의미한 패턴을, 책장에 꽂힌 책들의 책등 높이를 눈으로 좇기도 했다. 저 사이에도 상자의 타일처럼 자신이 알아채지 못한 규칙성이 있을까 싶어서. 최초의 상자와 지금의 상자는 다른 내용을 담고 있을까? 어차피 구금 조치가 해제되며 돌려받은 자신의 것을 제외하면 모두 우주국이 회수한 뒤였기에 진실은 알 수 없었지만.

그때 연구소 내 메일 시스템에 알람이 하나 떠올랐다. 백영은 시야 구석에서 깜빡이는 팝업으로 시선을 돌린 채 그것을 열람했다.

Subject : 대공 폐쇄 프로젝트 사항 공유

On Wed, Mar 15, 2045 at 11:48 from Seong-won Yu

From : 유성원 본부장 swyu@wri.co.kr

To : 유성원 본부장 swyu@wri.co.kr

BCC : 백영 연구원 y_baek@wri.co.kr

유성원 본부장입니다.

우주국에서 해독한 운석의 내용 중 일부에 대해 연구소 전체 공유가 허락되었습니다.

해당 메일의 첨부 문서로 이에 대해 공유드립니다.

Seong-won Yu, PhD, Director of WRI

swyu@wri.co.kr

백영은 허겁지겁 문서를 확인했다. 문서의 제목으로 미루어 보아 대공과 관련된 내용이 틀림없었다. 다만 한 줄 한 줄 문서를 읽어 갈수록 백영의 마음속엔 불안과 의심이 피어올랐고, 문서를 끝까지 읽고 난 후에 그 불안과 의심은 확신이 되어 있었다. 절묘하게 쓰인 문서였지만, 무언가 중요한 전제와 절차가 누락되어 있음을 백영은 알 수 있었다. 오직 연구소에서 백영만이 포착할 수 있는 이상이었으리라. 당연한 일이었다. 그날로부터 양서아와 끊임없이 토론하고 논의해 왔던 내용이었다. 그 작은 전제. 위상 물질의 불안정성에서 오는 작은 오차의 통제에 대한 전제.

백영은 즉시 유성원 본부장에게 회신했다. 당장 프로젝트를 중단해야 한다고. 머잖아 답장이 왔다. 정부, 특히 국방부는 아무리 불확실한 방법이라도 시도해서 어서 이 상황에서 벗어나길 바란다며, 일개 연구소인 우리가 제지할 수 있는 게 아니라고, 연구소의 모두가 검토한 내용이고 이상은 없을 거라면서.

백영은 짧은 비속어를 작게 내뱉으며 책상 한구석에 꽂혀 있던 노트를 펼쳤다. 손에 잡히는 아무 볼펜을 쥐고 계산과 검증을 시작했다. 제발 본인의 판단이 틀렸기를 바라면서, 그 외계 문명이라면 자신이 생각지도 못한 발상을 넣어 놨으리라고 믿으면서.

몇 날 며칠을 밤새워 계산해 봐도 결과는 똑같았

다. 중요한 전제와 알 수 없는 절차가 빠져 있었다. 대공을 완벽히 닫을 수 있도록 구멍을 메워 보려 얼마간을 더 분투하는 사이 파멸은 한 달 뒤로 다가와 있었고 백영은 끝내 그 답을 알 수 없었다.

…대체 당신은 무슨 의도인 걸까.

무엇 하나 대답할 수 없는 상황에서 확언할 수 있는 것은 하나뿐이었다.

이대로 가다간 대파멸보다도 더 큰 재앙이 반복될 뿐이라는 것.

백영은 어떻게든 자신이 닿을 수 없을지 모를 해답에 닿아야만 했다. 이 불확실한 방법만 전적으로 믿고 있을 수는 없었다. 그렇다면 뭘 할 수 있지? 빌어먹을 연구소에서 할 수 있는 일은 없었다. 백영은 무작정 그곳을 뛰쳐나와 어딘가로 향했다. 여전히 바뀌지 않은 현관 비밀번호를 입력하며 부디 양서아가 무례를 용서하길 바랐다. 먼지 따위는 눈에 보이지도 않았다. 언젠가 양서아와 함께 앉았던 소파에 앉아 머리를 싸맸다. 흐트러진 앞머리 사이로 서늘하고도 밝은 빛이 창문 너머에서 쏟아지며 궤적을 그려 내고 있었다. 우리는 언제까지 저 빛 아래에서 생을 누릴 수 있을까. 대공과 근접하는 다음 달, 4월. 우주국은 상자에 쓰인 부실한 절차대로 대공 폐쇄를 진행할 것이다. 실패가 예정된 대공 폐쇄 프로젝트가 진행된다면 그 기한은 터무니없이 짧을 터였다.

백영은 이전에 양서아의 아마추어 무전 장비를 찾아내었던 방의 문을 슬며시 열었다. 전에 방문했을 때 암막 커튼을 쳐 두고 나와 빛 하나 들지 않았다. 전등 스위치를 더듬어 눌러 보았지만 그새 닳아 버린 탓인지 켜지지 않았다. 커튼을 걷어 내니 자욱한 먼지가 일렁이는 것이 보였다. 백영은 갑작스럽게 들이친 빛 때문에 눈살을 조금 찌푸렸다가 아무렇게나 책상에 어질러져 있는 문서를 손에 쥐었다. 일말의 무언가라도 기대하며. 그렇게나 영민했던 당신이라면, 과감했던 당신이라면, 항상 내 생각을 뛰어넘었던 당신이라면.

허나 대부분은 익히 알고 있는 내용이었다. 양서아가 세운 가설과 그 가설을 증명하기 위해 행동에 이르게 된 경위들, 그리고 그 검증들. 덧붙여 무수한 가능성, 가능성, 가능성….

물론 그 가능성에 대공으로 더 큰 대파멸을 일으키겠다는 선택지 따윈 없었다. 당신은 대체 무슨 생각을 했던 걸까. 백영 자신도 무수히 알아보았을 가능성이 제시되고 반박되길 반복하는 종이 뭉치 사이에서 백영이 품었던 모종의 기대가 점차 사그라들었다. 외계 문명과 블랙홀, 웜홀과 시간 여행…. 양서아는 대공을 이용한 과거 회귀까지도 고려했던 걸까. 그런 터무니없는…. 그리고 대공의 시공간 일방성이라는 단어가 백영을 사로잡았다.

백영은 그대로 호흡마저 멈춘 채 시공간 일방성이라는 단어를 바라보았다. 추측으로 열거된 대공의 특성…. 양서아가 남긴 그 가능성을 검증하기 위해 백영은 책상 한구석에서 이면지를 꺼내 계산을 시작했다. 대공이 그 자체로 타임머신일 수 있다. 그와 동시에 백영은 앞서 흘렸던 코웃음이 무색하게도 대공을 이용한 과거 회귀 가능성을 검증하기 위해 머릿속을 헤집고 있었다. 그대로 몇 시간을 계산과 상념에 잠겨 있던 백영은, 마침내 머금고 있던 숨을 들이마시며 자신을 붙잡았던 종이를 쥔 채 급히 연구소를 향해 뛰쳐나갔다.

만날 수 있다. 과거로 돌아가서, 모두가 행복했던 시절에서 양서아를 만날 수 있다.

그리고 멈추자고 말할 것이다. 설령 대파멸이 반복된대도, 당신이 모든 걸 짊어질 필요는 없다고 말할 것이다. 더 이상 도망치지 않을 거라고, 끝까지 함께할 거라고, 그리고 사랑한다고 말할 것이다.

"워프 드라이브 면허 좀 빌려주실 수 있으세요?"
"…너 미쳤, 아니, 백영 박사 미쳤죠?"
"제가 취득하기엔 두 가지 결격 사유가 있어요. 정신병력이랑 범죄 기록."

파트 3

문제가 되는 우울 장애와 불안 장애야 10년도 더 전에 관해 판정을 받은 것이었지만 우주국은 문제 삼을 것이 뻔했다. 어째서 '워프 드라이브 관제 시스템'이 '우주 항로 관제 시스템'이라는 이름으로 바뀌었겠는가? 인류가 워프 드라이브 기술을 없던 것으로 규정하길 결정한 이후로 그에 대한 접근은 보다 까다로워졌다. 또한 범죄 기록이라 함은 최근 무인선을 폭파시켰던 그것이었다. 현시점에서, 아니, 앞으로도 백영은 워프 드라이브 면허를 딸 수 없는 유력한 사람 중 한 명이었다.

"아니, 이젠⋯ 말이 안 나오네⋯."
"본부장님을 가장 신뢰하니까요. 지금 연구소에서 저를 믿어 줄 사람도 본부장님뿐인걸요."
"뭘 하려는지는 모르겠는데, 그 면허면, 믿고 말고의 문제가 아니잖아요. 면허가 있다고 해도 운전은 어떻게 하려고요?"
"시뮬레이션으로⋯ 연습해서요."
"내가 살다 살다 이렇게 제정신 아닌 사람은 처음 보네, 진짜. 백영 박사, 그거 범죄예요."
"이미 범죄자인걸요."

무인 화물선 회사와는 손해배상에 대한 합의를 봤기에 공식적인 전과가 남진 않았지만, 우주국의 기준에서는 충분히 요주의 범죄자로 찍히고도 남았으리라. '범죄자'라고 확언한 것도 그 때문이었다. 유성원 본부장은 다소 어이없다는 표정을 하곤 금

방이라도 "진심으로?" 같은 말을 뱉을 듯 입을 벌린 채 백영을 바라보았다.

"제 마지막 억지예요. 전부 끝낼게요. 모두 되돌릴 수 있어요. 대파멸도 없던 일로 할 수 있어요. 지금 하려는 대공 폐쇄보다도 확실하게."

물론 반은 거짓말이었다. 백영에게는 양서아를 만나겠다는 목표 외에는 아무 계획도 없었다. 모든 게 돌아가기만 하면 어떻게든 될 거라고 생각하며 없는 말을 지어냈다. 그러나 유성원은 몇 초 정도 더 같은 표정을 지은 뒤 이내는 안경 밑으로 마른세수를 여러 번 했다. 아마 유성원이라면 대공을 이용한 과거 회귀의 가능성도 짐작하고 있었을 것이다.

"내가 다 이해하는데…. 지금 방법이 불확실한 것도 아는데…. 내가 여기서, 본부장으로서 뭘 해야 최선일까요…."

이내 유성원은 한 손으로 두 눈을 가렸다. 미처 가려지지 않아 드러난 그의 눈썹은 고뇌에 잔뜩 일그러진 채였다.

"그래도 안 될 것 같아요. 아니, 안 돼요."
"아시잖아요, 이게 정말 확실한 방법이라고요."
"백영 박사, 그건 알지만요. 그런 리스크 큰 방법에라도 기대야 하는 건 알지만요. 진짜 낯부끄러운 얘기지만, 나는 백영 박사마저 잃을 수는 없어요."

파트 3

유성원은 끝내 시야를 가렸던 손을 내렸다. 그의 눈은 아까보다 붉어진 채였다. 그런 유성원의 모습을 보는 건 처음이었다. 백영은 알 수 없는 감정이 목구멍에 덜컥 걸리는 느낌을 받았다.

"이건 못 들은 이야기로 할게요. 나는 백영 박사의 그 제안, 모르는 거예요. 아무 관련 없는 거예요. 알겠죠?"

그런 말과 함께 모퉁이를 돌아 떠나는 유성원을, 차마 붙잡을 수 없었다. 몇 초간 발걸음이 떨어지지 않았던 백영은 뒤늦게 정신을 차리고 유성원을 다시 설득하기 위해 그의 뒤를 쫓았지만 이미 어딘가로 사라진 뒤였다.

백영은 무작정 유성원의 연구실로 향했다. 이 방법 말고는 다른 뾰족한 수가 떠오르지 않았다. 한 번만 다시 생각해 달라고, 해낼 수 있다고, 절박하게 바짓가랑이라도 잡고 울며불며 매달릴 셈이었다. 터널에 갇힌 것처럼 절박하게 한 가지 목표에 집착했다. 연구실 문 앞에 다다라 노크도 생략한 채 무작정 문고리에 손을 뻗으며 유성원 본부장을 불렀다.

"본부장님…!"

문은 저항 없이 스르륵 열렸다. 백영은 당황하며 연구실 문 앞에 걸린 재실 표시등을 확인했지만 분명히 꺼져 있었다. 유성원은 보안을 중요하게 여겨 언제나 연구실 문을 철저히 잠그고 다니는 사람이었다. 그렇기에 공허한 연구실에 메아리치기만 하는 백영 자신의 외침이 이상하게 느껴졌다.

아니, 아니다. 기회였다.

백영은 주변에 아무도 없는 것을 확인한 뒤 유성원의 연구실에 들어가 슬며시 문을 닫았다. 그리고 미친 사람처럼 책상과 서랍을 헤집었다. 그러면서도 제 흔적을 남기지 않기 위해 손댄 사물의 원래 위치와 각도를 기억하고 제자리에 돌려놓길 반복했다. 연구실엔 CCTV가 없었다. 복도엔 있을지 모르겠지만 상관할 바가 아니었다. 지문 따위 알 게 뭐야. 과거로 돌아가기만 한다면 어떻게든 될 것이다. 전부 없던 일로···.

그리고 백영은 마침내 유성원의 지갑을 찾아내었다.

워프 드라이브 면허증이 들어 있는.

백영은 다소 바람직하지 못한 경로를 통해 유성원의 워프 드라이브 면허를 자신의 것으로 위조하였다. 워프 드라이브 우주선의 면허 사용 기록에 대한 감사는 정기적으로 이루어졌고 아마 다음 감사에서 우주국은 백영과 유성원의 죄를 추궁하겠지만, 역으로 말해 그 전까지는 안전할 수 있다는 소리였다. 또한 이만한 위조를 거친 뒤라면 유성원의 책임은 피할 수 있을지 몰랐다. 물론 백영의 생각일 뿐이었지만.

파트 3

파멸이 돌아오기까지, 대공 폐쇄의 실패까지 약한 달 남짓한 기간이 남아 있었다. 지구는 점차 대공에 접근하여 다음 달 중순이면 최고 근접에 이를 예정이었다. 하지만 그즈음 대공에 대한 경비는 더욱 삼엄해질 것이고, 목표를 이루기 위해선 바로 지금 대공으로 향해야만 했다. 백영은 약 일주일 동안 시뮬레이션을 통해 워프 드라이브 우주선의 운전법을 익혔다. 그리고 오늘, 출발 직전의 운전석에 앉아 있었다.

침착하자.

이거 중범죄야.

성공해야만 해.

그런 말들을 되뇌며 조종간을 잡은 손이 떨리지 않길 바라고 또 바랐다. 기존의 워프 드라이브 우주선 운행은 우주선으로써 직접 웜홀을 생성하며 이뤄졌다. 출발점과 도착점을 잇는 간이 웜홀을 만들어 그곳을 통과하는 식으로. 이를 위해선 우주국에 웜홀 통과 계획서를 제출해야 했지만 이번 운행에서 우주국의 레이더상에서는 이미 만들어진 웜홀인 대공만 이용할 예정이었으므로 그런 사전 절차는 필요하지 않았다. 아마 우주국에서 이 우주선의 운행은 근지구 비행으로 기록될 예정이었다. 실은 대공을 통과할 외우주 탐사에 비할 텐데도. 간단한 위증이었다.

계획은 간단했다. 대공의 시공간 일방성을 이용한다. 대공은 발생과 동시에 그 특수성에 의해 출발점과 도착점 사이에 시간 격차가 점점 벌어진다. 그리고 그 시간 격차는 일방적이다. 대공의 우리 쪽 출발점을 A, 반대편 도착점을 B라고 할 때, A에서 B로 향할 때에는 과거로 시간이 흐르지만 B에서 A로 향할 때에는 (통과 시간 외에) 시간이 흐르지 않는다. 즉, A→B→A 항로를 이용할 경우 대공을 통해 과거로 갈 수 있게 된다. 그것도 시간이 흐를수록 더 먼 과거로 갈 수 있는. 이것이 대공의 시공간 일방성.

대공의 시작점과 끝점은 지구 기준으로 현시점에서 약 2년의 시간 차이를 가지고 있었다. 여기까지가 양서아의 추측이다. 하지만 지금은 2045년이고 대파멸은 2041년에 벌어졌으므로 2년으로는 역부족이었다. 여기서 백영 자신의 담당인 위상 물질이 필요해졌다. 양서아와 치열하게 토론했던 어느 날에도 분명 언급했던 그것. 위상 물질의 시공간적 특이 성질.

위상 물질은 비단 웜홀을 유지시키는 것뿐만이 아니라 '역재현'이라는 성질 역시 지니고 있었다. (통상적인 웜홀 유지 물질인 '음의 에너지를 가진 물질'이 아닌 '위상 물질'로서 통칭된 것도 그 이유였다.) 웜홀의 양끝 시간차를 학습한 위상 물질이 특정 조건 하에서 활성화되면, 위상 물질은 일시적으로 그 시간 차이를 '역재현'한다. 즉, 두 지점의 시공간적 위상을 거울처럼 뒤집는 것이다.

그러므로 대공을 통해 2년의 과거로 향하며 위상 물질을 학습시킨 뒤, 그 종점에서 워프 드라이브 우주선을 이용해 새로운 웜홀을 열어 학습된 위상 물질을 활성화시키면 2년의 시간을 추가로 건너갈 수 있었다. 그렇게 될 경우 거스를 수 있는 시간은 총 4년. 대파멸 직전으로도 시간을 거스를 수 있게 되는 것이다.

목표하고자 하는 시간은 대공과 대파멸이 발생하는 사건 직전 어느 날이었기에 약간의 시공간 보정이 필요했다. 그럼에도 제때 도착할 거라는 보장은 없었다. 어쩌면 대파멸 직후로 떨어져 아무것도 돌이킬 수 없을지 모르고, 정말 먼 과거로 떨어질지도 모를 일이었다.

그렇지만 당신을 만날 수 있다는 희망을 그냥 날려 버리는 것보단 나으니까. 이 세상이 망하더라도 당신을 만나야 하니까. 그런 가능성을 보고야 말았으니까.

백영은 항속 장치의 페달을 부드럽게 밟기로 결정했다.

마치 상자에서 중시 미세 탐사 로봇으로 그랬던 것처럼, 거꾸로 뒤집힌 우주선으로 온갖 경비를 위태롭게 피해 대공에 진입하자마자, 모든 계기가 시끄럽게 경고를 울려 대기 시작했다.

애초부터 비정상 진입을 상정하긴 했으나, 시뮬레이션과 실제 사이의 간극은 엄청났다. 왜 유성원 본부장이 미쳤다며 욕을 퍼부었는지 알 것도 같았다. 그런 걸 지금 생각해 봤자 상황이 바뀌진 않겠지만.

제멋대로 덜그럭거리는 조종간을 힘으로 움켜쥐고 우주선이 웜홀의 '면'에 닿지 않도록 힘을 쓰는 일밖엔 할 수 없었다. 양서아는… 양서아는 여길… 이렇게.

무슨 일이든 결국 살아남아야만 해낸 가치가 있다고, 백영은 그렇게 믿었다. 백영은 계기가 울리는 경고와 현재 상황에서 각종 센서들이 받아 낼 이상 징후를 침착하게 되짚은 후, 모든 경고가 자신이 의도한 상황에서는 울릴 수밖에 없다는 사실을 알아내곤 조종간을 잡는 데 집중했다. 날카롭게 왜곡된 시공간이 울렁이는 대공 속에서 백영은 위상 물질을 학습시켰다. 그리고 그 끝에 다다라 새로운 웜홀 형성을 지시하며 학습된 위상 물질을 활성화시켰다. 왜곡된 물질장에서 충돌하는 중력이 유발한 멀미에 반사적으로 눈을 감자, 우주선은 머잖아 안정을 되찾았다.

마지막까지 울리던 유일한 경고가 마침내 사그라들었을 때 백영은 서서히 눈을 떴다. 여전히 뒤집힌 채여서, 한동안은 무중력 속에서 그 사실을 눈치채지도 못한 채로 있다가 지구의 모습을 보고서야 겨우 정상 상태로 되돌릴 수 있었다. 그리고 대공이 존재하지 않는 우주 공간이 백영을 맞이했다. 정확한 시기는 아직 알 수 없었지만 일단 대파멸 이전의 과거로 회귀하는 데에는 성공한 모양이었다.

백영은 두근대는 심장을 애써 진정시키려 노력하며 한쪽 손목에 찬 범시공간 시계를 눈앞의 지구에 있을 서울과 동기화했다. '동기화 중⋯'이라는 문구가 몇십 년처럼 길게 늘어져 표기되는 것만 같았다.

GMT +09:00 04/11/2041 14:17 (24H)

마침내 띄워진 서울의 시각이 백영의 온몸을 전율케 했다. 대공이 열리기 바로 전날.

다행스럽게도 대파멸 직후로 떨어지진 않은 모양이었다. 신이시여, 당신의 안배에 감사드립니다.

그럼에도 시간은 촉박했다. 서둘러 행동해야 했다. 대공이 열리는 것은 2041년 4월 12일 15시경. 남은 건 대략 하루.

백영은 우주국의 관제 범위로 진입하기 직전 우주국에 포착되지 않을 경로로 간이 웜홀을 형성하여 근지구 비행으로 경로를 위장했다. 이 시기의 우주국이라면 포착하지 못할 방법이었다. 이 역시도 양서아와 이런저런 이야기를 나누다 생각해 낸 허점이었다.

백영은 간단한 출입 절차의 답변을 교묘하게 꾸며 낸 뒤 긴장 때문에 타는 듯한 목을 달래기 위해 연구소 근처의 편의점에서 물을 한 병 샀다. 그리고 미래의 재화를 과거로 가져와 쓰는 것이 응당한 것인가 순간 생각했다. 질량 보존의 법칙은 또 어떻게 되는가? 아직까지 물리적인 과거 회귀를 시도한 사람은 공식적인 기록상에서 아무도 없었다. 혹자는 시간 순서 보호 가설 따위가 과거 회귀를 시도하는 순간 웜홀이 닫히게 할 거라는 등 불가능만을 말하곤 했지만, 지금 보는 바와 같이 웜홀을 이용해 과거로 가는 것 자체는 성공하지 않았는가? 다만 검증되지 않은 타임 패러독스 따위가 당장의 백영을 불안하게 했다. 만약 과거의 자신을 만난다면 어떻게 되는 걸까? 자신이 더 과거로 돌아가 부모를 살해하기라도 한다면 지금의 자신은 어떻게 되는 걸까?

증명을 시도할 엄두조차 나지 않는 여러 가설들이 머리에 부유했다. 백영은 머리를 흔들어 그런 것들을 지워 버리기로 결정했다. 어쨌든, 결과적으로 양서아는 자신의 존재를 걸고 편도행을 선택했으며 그로써 대공을 닫는 방법을 지구에 전했다. 그렇다면 자신도 그만한 도전은 마땅히 행해야 하지 않을까. 지금 타임 패러독스 같은 일은 중요하지 않았다.

파트 3

어떻게든 양서아를 구해야만 했다.

지체할 시간 따위 없었다. 면허 사용 기록이야 나중에 발각될 일이겠지만 대공을 건넌 일은 머잖아 우주국에 적발될 것이 뻔했고, 우주국은 백영의 과거 회귀 가능성을 짐작할 것이었다. 그리고 당장 백영을 체포하러 온다거나 하는 과격한 일을 벌일지도 모르는 일이었다. 그 우주국이라면 그렇게 이상한 일도 아닐 것이다. 이에 백영은 조심스럽게, 하지만 서둘러 연구소로 향했다. 혹여 과거의 자신과 경로가 겹칠까 그즈음 자주 다녔던 루트는 일부러 피해 가면서.

아직 변하지 않은 풍경이 낯익으면서도 낯설었다. 사람들이 행복하게 거리를 거닐고 있었고, 그 표정에 절망과 비관이라곤 한 점 보이지 않았다. 다들 우주에서 우리가 혼자가 아니라는 사실에 환호했으며, 연구소 인근에 이르러선 그곳에 진을 치고 있던 기자들도, 사랑하는 사람을 돌려 내라며 항의하던 시민들도 보이지 않았다. 벌어질 재난에 그 누구도 근심하지 않았으며 절규하지 않았다. 유성원이 말한 우리가 만든 죄라는 건 이런 평화를 다시는 누리지 못할 운명을 뜻했던 거겠지.

그러므로 백영은 행동해야 했다. 양서아를 만나 마음을 전해야만 했다. 어떻게? 대체 어떻게…. 무작정 연구소로 들어가 양서아를 찾아내 만나는 건? 아니다, 그러면 그도 적잖이 당혹스럽겠지. 자연스럽게. 과거의 백영이 행동했던 것처럼.

백영은 4년의 세월에 약간 마모된 자신의 ID 카드를 대어 연구소에 들어왔다. 혹여 과거의 자신을 만날까 주의하면서. 그때 저 멀리서 익숙하다 못해 질릴 정도로 들어온 누군가의 목소리가 들려왔다.

"벌써 내일이네요!"

젠장. 이렇게나 빨리 마주칠 줄은. 과거의 자신이 내는 발소리가 모퉁이 건너에서 점점 가까워지고 있었다. 백영은 당장 눈에 들어온 무수한 방들 중 불이 꺼진 방 하나를 무작정 열고 들어가 문을 잠갔다. 그리고 문에 있는 창문 너머로 자신의 모습이 비치지 않게끔 숨을 죽인 채 점차 가까워지는 목소리에 집중했다.

"저 너무 기대돼요. 진짜."

이렇게 시간을 낭비해선 안 된다는 걸 머리로는 알면서도 백영은 그 목소리를 귀에 담을 수밖에 없었다. 왜냐면, 왜냐면.

"저도요."

저 대화의 상대가 누군지, 명확히 알고 있었으니까.

말없이 신음하던 백영의 귀에 또렷이 들려오는 목소리는 그렇게나 원망하고 그리워했던 자의 목소리였다. 백영은 무심결에 손으로 입을 막은 채 차마

파트 3

눈조차 감지 못하고 청각에 모든 신경을 집중했다. 발걸음은 아직 이곳까지 도달하지 못한 채다. 그 뒤에 양서아는 어떤 말을 했더라? 나는? 세월에 희석된 기억이 무엇 하나 명확하지 않았다. 심장이 주체할 수 없을 정도로 두근대었다.

"양 박사님, 그런 표정 처음 봐요!"

백영은 잔뜩 긴장하며 입을 틀어막았던 손으로 이마를 짚고 말았다. 저렇게나 실없는 소릴.

허나 달리 무슨 말을 할 수 있었을지 생각해 봐도 마땅한 답을 낼 수는 없었다. 지금의 백영이라면 어떤 다른 얘길 했을지도 몰랐으나 저 때의 백영에게는 더없이 어울리는 답이었다.

"…어떤 표정이요?"
"엇, 사라졌다. 방금 웃었어요."
"아. 그렇구나…."

그리고 발걸음은 백영의 바로 앞을 지나 서서히 멀어져 갔다. 이후의 내용은 자세히 들을 수 없었다. 정확히는 집중할 수 없었다. 발소리가 충분히 멀어졌다고 생각할 즈음 백영은 슬며시 눈을 열고 두 사람이 사라진 모퉁이를 응시했다. 그리고 천천히 모퉁이 너머로 고개만을 내밀고 그들의 뒷모습을 바라보았다. 과거의 백영은 신난 듯이 무언가를 떠들고 있었고 과거의 양서아는 가만히 고개를 끄덕이고 있었다. 두 사람의 발걸음은 곧 날아갈 듯 가벼웠으며 주변의 공기는 온화하고 다정했다.

그러니 백영은 감히 둘 사이에 끼어들겠다는 생각을 품을 수 없었다. 타임 패러독스 때문이 아니었다.

어쩐지 속이 울렁이기 시작하는 것만 같았다. 과거를 바꿀 수 있을 거란 백영의 믿음은 어느새 두 사람의 뒷모습에 스쳐 부서지는 것만 같았다. 고작 그 대화 한 줌 때문에.

포기였을지도 몰랐다. 기억에 희미했던 그 사람의 목소리를 들은 것만으로도 백영은 행복할 수 있었다. 지금까지 충분히 노력해 오지 않았는가. 불가능의 영역으로 여겨지던 과거 회귀마저 성공하지 않았는가. 개인이 할 수 있는 일은 모두 해내지 않았는가. 애초에 과거를 바꾸기 위해서 오겠다는 건 반쯤 거짓이었으니, 실패하더라도 누구도 나를 탓하지 않을 게 아닌가.

그동안의 설움이 북받치며 결심을 녹슬게 했다. 고작 한 사람의 힘으로 미래를 바꿀 수 있는 걸까? 그렇게 휘몰아치는 의심암귀의 소용돌이, 혹은 합리화의 모래 지옥.

아니, 아니야. 너는 대파멸이 다시 벌어지게 둘 셈이야? 다시 헤아릴 수 없는 목숨을 잃을 거야? 또 양서아가 떠나게 만들 거야?

이때 근처로 다가오는 누군가의 인기척을 느낀 백영은 그 자문들을 명확히 헤아릴 틈도 없이 연구실 밖으로 도피했다. 무엇으로부터 도피한 것인지 모를 일이었다. 자신을 알아볼 만한 사람으로부터 도망쳤다고 생각했으나, 실은 아니었을지도.

백영은 숨을 고르며 눈에 보이는 벤치에 무작정 걸터앉았다. 이럴 시간이 없는데. 내일이면 다시 재난이 반복되는데. 방법은 모르겠으나 일단 연구소로 돌아가야겠다고 생각하며 자리에서 일어난 순간, 연구소 입구를 통과하는 인파가 점차 많아지기 시작했다. 조급함 속에서 시각을 확인하니 연구소의 공식적인 퇴근 시간이 다가와 있었다. 백영은 이도 저도 못한 채, 아이씨, 같은 말을 내뱉으며 괜스레 죄 없는 허공을 발로 걷어찼다.

인파가 잦아들기까지 몇십 분 동안 뒤통수를 긁으며, 눈에 띄지 않게끔 벤치에 조용히 앉아 있는 일 밖엔 할 수 없었다. 그러다 문득 바라본 풍경엔 어느덧 빛이 저물어 있었다. 대공의 흔적 따윈 보이지 않는, 변하지 않은 채 그 자체로 아름답고 따스하게 물든 하늘의 모습이 아까 붙잡지 못한 확신을 들이밀 듯 머릿속을 더욱 어지럽혔다. 온 세상의 색을 담은 물감이 번지는 듯한 노을은 그날따라 반론의 여지조차 없이 수려했고, 그와는 모순된 식은땀이 등골을 타고 흐르며 절박함 속에 저도 모르게 뺨을 타고 눈물이 흘렀다. 과거의 자신이 양서아와 나눴던 그 짧막한 대화가 비디오테이프가 되감기듯 한순간 동안 무한히 반복 재생되었다. 아무것도 모르는 두 사람은 그 자체로 너무나 행복해 보였다. 미숙하게 빚어진 우연의 순간이 너무나 빛나 보였다. 무언가를 굳이 덧붙이거나 빼지 않아도 그대로 완성된 것만 같았다.

아아, 왜 세상은 존재 자체로 찬란한지. 왜 그토록 자책하던 과거는 건드릴 엄두조차 내지 못하도록 빛나는지. 알 수 없는 것들이 머리를 어지럽혔다. 여기서 이제 뭘 어떻게 해야 하지? 정말 과거를 바꿔야 하는 걸까? 과연 나 따위가 바꿀 수는 있는 걸까? 무엇 하나 확신할 수 없었다. 다가오는 시간이 만든 절박한 초조, 완성된 과거가 만든 불변의 확신, 찬연한 하늘이 만든 자연의 완벽, 반복될 대파멸이 만든 절망의 미래 따위가 어지러이 엉켜 제각각이 구분되지 않는 채 백영의 발목을 옭아매어 지면에 묶었다.

백영은 감히 고개를 들 수 없었다. 백영은 감히 손을 펼칠 수 없었다. 백영은 감히 자리에서 일어날 수 없었다. 백영은 감히 무언가를 말할 수 없었고, 백영은….

"…아직 집에 안 갔어요?"

한 가닥의 목소리가 침잠하던 백영의 정신을 날카롭게 꿰뚫었다. 해는 오래전에 지평 너머로 떨어졌는지 이미 눈앞의 풍경은 어두워진 뒤였다. 백영은 믿을 수 없다는 얼굴로 목소리가 들려온 곳을 향해 고개를 들었다.

"…무슨 일 있어요? 괜찮아요?"

그토록 보고 싶었던 이의 실존적 재현이 아무렇지도 않게 눈앞에 나타나 있었다. 백영은 무어라 대답할지 순간 가늠할 수 없어 가방을 멘 양서아를 그저 말없이 바라볼 뿐이었다.

"아…."

양서아는 넋을 놓은 듯한 백영을 보곤 마찬가지로 당황한 건지 "어…. 조금 피곤해 보이시네요."라고 말하며 주변을 둘러보았다. 주변엔 아무도 없었다. 마치 시공간이 두 사람을 위해 멈춘 것만 같았다.

"옆에 앉아 드려야 할까요…? 아니, 앉아도 돼요?"

백영은 여전히 아무런 답을 하지 못했고 그런 백영을 바라보던 양서아는 조심스럽게 가방을 제 앞으로 끌어오며 옆에 앉았다. 적당히 거리를 둔 채로.

그러고 양서아는 말없이 시선을 하늘로 향했다. 경외가 쏟아질 정도의 명경은 아니었지만 별이 듬성듬성 빛나는 평범한 도시의 깊은 우주를 바라보았다. 백영은 여전히 말없이 그런 양서아를 바라보다, 그의 시선을 따라 같은 우주를 쫓아 보았다. 지금까지 모두를 품어 왔고 앞으로도 품어 갈 우주를.

미련한 인류가 아무리 세상을 망쳐도 부동하는, 무관심한 것인지 자비로운 것인지 모를 우주를.

"다 괜찮을 거예요."

그리고, 설령 그럴지라도, 이런 순간을 만들어 내는 변칙적인 우주를.

"하나만…. 하나만 물어봐도 돼요?"

마침내 떼어진 백영의 입에 양서아가 고개를 돌렸다. 그리고 천천히 동의의 동작을 보였다.

"만약 우리가 실패한다면 어떨 것 같아요?"

치사한 질문, 이라고 백영은 생각했다. 자책을 남에게 미루는 질문. 그렇게나 치졸하고 도피적인 질문.

"질문에 질문으로 답하긴 그런데, 저의를 물어봐도 될까요?"
"아니… 아니에요. 별거 아닌 이야기였어요."

정말로 바보 같은 질문과 바보 같은 도망. 마지막까지 올바르고 진실하지 못한 초라한 자신.

"…그래요."

다시금 이어지는 침묵. 백영은 이대로 영영 다시 헤어지고 마는 걸까 조급해져 마음을 뒤졌다. 소중한 이에게 건넬 선물을 고르듯이, 급하지만 다정하게. 지금이 아니면 꺼내지 못할 것 같아서. 너무나 절박해져서.

파트 3

"…소중한 사람이 있어서요."

그리고 다시 입을 나서는, 멍청하고도 뻔한 말.

"거창한 건 아니고… 그냥…."

한심하게도 늘어지는 진심.

"양 박사님은 그런 거 있어요…? 물건이라든가요."

중요한 이야기는 끝까지 전해지지 못하고 마려나.

"…소중한 게 무엇인지에 대해 먼저 정의해야 하지 않을까요?"

그리고 항상 예상을 뛰어넘는 양서아의 엉뚱한 답. 그리웠던 어긋남.

"변치 않게 간직하고 싶은 걸 소중하다고 정의할 수 있다면, 부끄러운 얘기긴 하지만…."

양서아는 다음 문장을 꺼내도 될지 고민하는 것만 같았다. 이런 반응은 백영으로선 처음 보는 것이었고 이런 내용도 처음 들어 보는 것이었다. 그러니 백영은 등을 떠밀어 주었다.

"말해도 돼요."
"그렇다면…. 요즘이 지금까지의 제 인생 중에서 가장 소중한 것 같아요."

백영은 예정된 재앙을 생각했다. 예정된 파멸과, 예정된 이별을 생각했다. 그 하나 하나가 너무나 맞지 않는 퍼즐 조각 같아서 백영은 감정의 사무침에 차마 양서아를 바로 볼 수 없었다.

"이런 반응은 예상 못 했는데…."

흐느낌 사이로 양서아의 작은 당황이 들려왔다. 백영은 묻고 싶었으나 지금까지 차마 입으로 말할 수 없었던 질문을, 감정을 핑계 삼아 꺼내기 시작했다.

"만약, 만약에요. 이 모든 게 실패하고 지구에 돌이킬 수 없는 일이 벌어진다면 말이에요."

토하듯 쏟아 내는 질문에 양서아는 눈을 멀뚱히 뜬 채 백영을 바라볼 뿐이었다.

"정말 만약, 그때 당신이라면."

말하지 마. 묻지 마. 백영의 작은 자아가 사념의 행동을 막았다.

"…어떻게 행동할 건가요?"

왜 그랬나요, 같은 원망을 발설하지 마. 그런 중재는 이미 늦은 뒤였다.

양서아의 얼굴에 의문이 떠올랐다. 그리고 그 얼굴은 결코 짧지 않은 시간 동안 우주를 바라보았다. 춥지 않은 봄바람, 나긋하게 흔들리는 잎사귀의 찰랑임, 영원히 묶여 버린 듯한 찰나. 이 순간은 미래를 바꿀 수 있을까. 마침내 양서아는 입을 떼었다.

"행동할 것 같아요. 백영 씨에게도 소중한 사람이

파트 3

있는 것처럼, 제게 소중한 사람을 위해서."

그런 백영의 원망조차 아무렇지 않다는 듯, 양서아는 그저 나지막이 답했다.

"제 모든 걸 바쳐서라도 무사했으면 하는 사람이 있거든요."

마침내 백영에게 울리는, 양서아의 한마디.

그리고 스치는, 언젠가 당신이 남긴 메모에서 읽었던 한 문장.

'소중한 사람을 위해서'.

시간이 과거로 흐르더라도, 언제까지고 변하지 않을 것만 같아서, 그렇기에 어떤 방향으로조차 불변할 것만 같다는 확신을 박는 쐐기. 이 감정은 내가 바꾸기에 너무나 곧아서, 너무나 고유한 양서아의 것이어서, 어떤 형태로도 손댈 수 없다고 믿게 하는 숭고함조차 느껴지는 것만 같아서. 당신은 언제나 행동하는 사람이었고, 단단했고, 신중했으며, 올바른 사람이었으니까.

…그런 사람이었기에, 내가 이곳까지 도달할 수 있었던 거니까.

우주의 안배가 만들어 낸 이 기회는 우리의 미래를 위한 것이 아닌 우리의 과거를 위한 것이었기에, 이 과거는 영원히 바꿀 수 없다는 것만을, 바뀌어선 안 된다는 것만을 백영은 알게 되었다. 그렇기에 마침내 와 닿은 마음의 접점 한 줌을 제 손으로 지워 버릴 수는 없었다. 포기하라고 백영은 차마 말할 수 없었다. 하지만, 그렇지만, 당신을 위해 여기까지 왔는데, 그 결과가 예정된 결말의 증명이라면 내게 너무나 잔인한 처사가 아닐까.

아니, 그렇다면 나는 그 악의 없는 쓰디쓴 증명까지도 받아 내어 삼킬 것이다. 당신의 족적 하나하나까지도 두 눈에 담아 기억할 것이다.

그리고, 그렇다면, 그럼에도,

아무것도 변하지 않겠지.

그 뒷이야기는 백영의 기억에 분명히 존재할 수 없었다. 무얼 말했는지, 그것이 미래를 바꿨는지 어땠는지는 알 수 없었다.

"…돌아왔어요?"

유성원은 백영에게 실패를 묻지 않았다. 그로부터 백영은 실패를 확인했으나 시작부터 실패가 예정된 일이었음을, 유성원은 그것을 알고도 백영의 무리수를 허락했음을 이제 백영은 알 수 있었다.

"수고했어요."

백영은 되풀이될 운명 앞에서 유성원의 품에 안겨 서럽게 울었다.

파트 3

대공에 진입했다는 죄를 추궁받기까지는 몇 시간 정도의 시간이 있었다. 즉시 적발되어 마땅한 일이 었음에도 이렇게 지연된 것은 그놈의 폐쇄 일정 때문으로 보였다. 유성원은 대공이 성공적으로 폐쇄된다면 축하의 분위기에 떠밀려 경고 정도로 끝날지 모른다 말하기도 했지만 두 사람은 그럴 일이 벌어질 확률이 희박하다는 걸 잘 알고 있었다.

예정된 종말 속에서 무엇도 할 수 없다는 탈력감이라도 털어 내기 위해 백영은 모든 것이 시작된 곳으로 향했다. 시작의 장소에서 끝을 맞이하자고. 어느샌가 백영은 운석이 떨어졌던 뒷마당을 바라보았다. 아직도 반이 갈라진 채 상자가 박혀 있던 구멍을 내보이고 있는 운석 두 조각이 여전히 뒷마당 한구석을 차지하고 있었다. 백영은 몸을 낮춰 쪼그린 채 운석을 바라보았다. 그리고 손을 뻗어 그 단면을 어루만졌다. 매끄럽게 절단된 듯 쪼개진 단면의 감촉이 낯익기도 하고 낯설기도 했다.

상자. 얼마 전에 구금 조치가 해제되면서 돌려받은 상자가 아무 일도 없었다는 듯 책상에 놓여 있었다. 그러므로 이 상자는 우주국의 대공 폐쇄법 해독에서 빠져 있겠지. 백영은 책상 앞에 앉아 중시 미세 탐사 로봇의 전원을 켰다. 모니터에 중시계의 모습이 흑백으로 떠올랐다. 여전히 변함없이 아름답기만 했다. 마치 과거가 변할 필요 없이 그 자체로 아름다웠던 것처럼.

조작을 가해 로봇을 움직였다. 이젠 조작에 능숙하기만 하다는 것이 한편으론 우습게 다가왔다. 모든 것으로부터 도망치려 했던 백영은 이제 워프 드라이브 우주선도 운전할 수 있었고, 잘못을 마주 볼 용기도 있었다. 과거와 미래를 제외한 모두가 바뀌었다. 아니, 양서아를 이제 다시 볼 수 없으리란 사실도 부동했다.

과거는 과거로서 충분히 가치 있었고 그런 과거가 이루어 만든 현재는 최선이 될 수 없었던 선택들이 모여 만든 최선의 순간이었다. 그렇다면 미래의 과거는 현재이니, 마찬가지로 최선일 수 없었던 지금이 모여 최선의 미래를 만들 수 있는 걸까? 아니면, 최악을 피하고자 하는 마음이 모여 최선까지는 아니더라도 차선까지는 자아낼 수 있는 걸까?

백영은 그런 생각을 하며 상자를 기울여 스탠드에 장치했다. 책상에 뒹굴던 레이저 포인터를 마찬가지로 스탠드에 고정한 뒤 빛을 상자의 구멍에 조사했다. 지구의 모양을 본뜬 홀로그램이 허공에 나타났다. 여전히 변하지 않은. 백영은 그저 그것을 바라보다, 자리에서 일어나 홀로그램에 가까이 다가섰다. 이렇게 가까이에서 보는 것은 처음이었다. 둥근 지구에 사는 우리가 지면을 평면으로 인식하듯, 시야에 일부만이 들어온 홀로그램의 일부는 지구라고 보기 어려운 모습을 하고 있었다. 지금 보니 선이 고르지도 않았다. 마치 무언가를 써낸 듯이… 라고 생각할 즈음 백영의 눈에는 분명한 문자가 들어왔다. 백영에게.

굵은 홀로그램의 선은 다시 가는 선으로 해체되어 글자를 이루고 있었고, 백영은 명백히 자신을 향한 한 문장을 보곤 홀린 듯이 그 선의 집합을 쫓았다. 이어지고 이어지다 완전한 지구의 형상과 맞닿은 문장의 묶음을 헤집었다. 그리워 마지않았던 이의 마지막 선물로부터 마지막 증명을 되짚었다.

이윽고 백영의 마음에 참을 수 없는 경이감과 고양감이 차오르다 못해 넘쳐흘렀다.

[백영에게.]

이런 불친절한 방법으로 이스터 에그를 숨겨 놓은 걸 미안하게 생각합니다. 발견할 수 있을지는 모르겠는데, 부디 발견하길 바라야겠어요. 중요한 얘기거든요. 이걸 시작으로 대공을 닫을 방법을 전할 겁니다. 다소 불친절한 방법일 수도 있는데, 이게 정보를 왜곡 없이 가장 확실히 도달시킬 수 있는 방법임을 이해해 주세요.

조금의 사담을 적어도 된다고 허락받았습니다. 조각하나당 데이터를 담을 수 있는 부피가 생각보다 크더군요. 그러니까 대공을 닫을 방법 같은 걸 알고 있는 거겠죠. 이들은 경이로워요. 우리가 맨 처음 보냈던 최초의 전파 하나만으로 언어 체계를 이해하곤 번역까지 가능하도록 준비해 두었더군요. 덕분에 이런 일이 가능하게 되었습니다. 비록 영어뿐이긴 했지만.

아마 이 편지보단 작별 인사를 먼저 발견했겠죠? 더조심했어야 했는데, 미안해요. 그걸 보고 느낄 실망감 같은 걸 미처 예상하지 못했습니다.

말도 없이 떠난 점에 대해서도 미안합니다. 당신에게는 긴 시간이 흐른 뒤 오랜만의 소식일 텐데, 어째사과만 계속 하게 되네요. 전하지 못한 이야기가 사과뿐인 건 아니지만 먼저 해야겠다고 생각했습니다.

편지는 사람 앞에서 바로 반응하는 게 아니니 조금 더 천천히 제 감정을 살피고 표현할 수 있다는 점에 서 제게 적합한 방법일지도 모르겠습니다. 계속해 서 감정을 표현하길 망설여 왔어요. 그 사실조차 말 할 수 없었죠. 줄곧 숨겨 온 것도 미안해요. 아직은 적을 용기가 나진 않는데, 이 편지의 끝에선 말할 수 있게 되면 좋겠습니다.

이 조각을 시작으로 지구엔 대공을 통해 총 열일곱 개의 조각이 전달될 예정입니다. 이걸 읽고 있다면 알겠지만 운석의 형태로 말입니다. 적잖은 충격이 있겠지만 최대한 인명 피해가 없을 만한 곳을 선정 해서 보내기로 했습니다. 사상자는 없을 거예요. 당 신 뒷마당에 보낸 건 조금 무리한 거라 유리창이 깨 질지도 모르겠지만…. 다치진 않았길 바랍니다.

조각은 홀로그램의 형태로 정보를 전달할 예정입니 다. 이들의 기준에서는 차라리 그 편이 정보 압축률 이 좋더군요. 그런데 문제가 있습니다. 배열 순서가 중 요해요. 임의로 짜 맞춘 배열이 정답과 일치할 확률은 1/17!⁵⁾입니다. 17!이 355조 6874억 2809만 6000이니 말도 안 되는 거죠. 조각이 하나라도 부족 하거나, 절차가 잘못되면 대공 폐쇄는 실패에 이르게 될 겁니다. 물론 지금 이 조각도 그 배열에 포함되고요.

---

5) 팩토리얼. 17!=17×16×15×⋯×3×2×1.

조각의 순서는 조각 내부의 타일이 가진 상대높이가 플랑크 상수를 그리는 순서의 모양과 같습니다. 유라시아 대륙을 좌측에 위치시킨 메르카토르 도법상의 지도에서 이 첫 번째 상자가 떨어진 한국을 시작점으로 잡고, 각 나라에 떨어진 지점을 앞서 말한 모양대로 이어 봐요. 그게 순서가 될 겁니다.

조각의 구멍이 맞닿도록 열일곱 개의 모든 조각을 이어서 배열한 뒤, 첫 번째 조각에 레이저를 쏘면 온전한 대공 폐쇄법이 나타날 겁니다. 앞뒤는 없어요. 구멍과 구멍이 맞닿기만 하면 됩니다.

그러니 그걸로 대공을 닫아요.
부디 행복해요. 자책하지 말고, 괴로워하지 말고, 삶을 살아요.
떠난 이들은 돌아올 수 없겠지만, 새로운 고통에 괴로워하는 일은 막을 수 있겠죠.

대파멸이 벌어지고 차마 헤아릴 수 없는 죽음에 적절히 대처하지 못하는 사람들을 많이 보았습니다. 그들의 대부분은 아파했죠.
떠난 이들은 이곳에 없으니, 살아남은 이들의 아픔을 목격하게 되었습니다. 소중한 사람을 잃는 고통이 어떤 건지 와닿지 않았을 때, 당신은 제게 안부를 물었죠.

그때 깨달았습니다. 이대로 파멸이 반복되어 당신을 잃게 된다면, 저는 그 슬픔을 도저히 감당할 수 없을 거라는 것을. 저들처럼 아파하는 것조차 버거워서 살아갈 수 없을 거라는 것을.

당신의 마음이 저와 같길 바라는 건 제 욕심이겠죠. 그러니 부디 행복하세요.

이것이 당신에게 스친 동료 한 명에 불과할 제가 보내는 마지막 선물입니다.

…어쩌면, 무언가의 마지막 증명일지도 모르겠습니다.

자세한 이유는 말할 수 없지만, 제 시도는 명확히 일방통행이 될 겁니다.
미리 말했어야 했을까요. 뒤늦은 후회로 이기를 적어 봅니다.

다시 만날 수 없겠지만, 부디 이 편지가 당신에게 가닿길 바랍니다.

파트 -1

양서아는 항속 장치의 페달을 부드럽게 밟기로 결정했다.

...

왜 하필 지금 백영이 생각나는 걸까?

나는 백영과의 만남이 기이했다고 줄곧 생각했다.

...

첫째, 내게서 이득을 얻기 위함이다. 둘째, 원래 살가운 사람이다. 셋째, 나를 좋아한다.

그리고 세 번째는 진작에 지워 버렸다. 실질적인 가능성을 두 가지로 좁힌 채 나는 백영을 관찰했다.

거리를 둔 채 시작되었던, 어이없고도 뻔한 결말을 맞이한 가능성의 검증은 그렇게 시작되었다.

파트 -1

...

마냥 귀찮기만 한 일은 아니었다. 그저 저의를 알 수 없어 혼란스러울 뿐이었다.

…아닌가?

감정에 고착하게 만들었으니 귀찮았던 걸까? 떠나는 지금까지도 잘 모르겠다. 귀찮다는 감정에는 필시 부정적인 반발이 함께한다.

하지만 나는 숱한 거절과는 모순되게도 백영이 계속 다가오길 바랐고, 그 여러 번의 접근이 싫지 않았다. 이상하게도 간지러웠다. 그래서 당황했고, 그런 내가 황당했다.

이성은 그것을 기대라고 여기고 늘 그랬던 것처럼 실망을 방지하기 위해 거절을 말했지만 감성은 반대되는 반응을 보였다. 이성과 감성의 충돌은 흔한 일이다. 객관적으로 옳은 일과 주관적으로 옳은 일이 항상 같을 수는 없으니까. 그러니 이 역시도 흔하고 흔한, 언젠가 지나갈 것으로 생각했다.

...

본질적으로 다른 존재라는 느낌이 드는 사람에게는 동질감을 느낄 수 없었다. 동질감을 기반으로 친밀감을 발전시킬 수 없었다. 부당함을 느꼈던 것도 같다.

시간이 지나서야 그것을 동경에서 비롯한 질투였다고 정의할 수 있었지만, 하루하루를 넘기기 가빴던 그땐 감정을 정의할 여유가 없었다.

…

백영에 대한 그런 작은 사실들을 발견할 때마다, 나는 알아낸 것들을 머릿속에서 서로 연결해 보곤 했다. 그렇게 관찰한 특징 여럿이 모일수록 백영은 말이 많아지는 것 같았다.

다만 내 말은 감정을 정의하는 일에 대한 유예에 가로막혀 목구멍을 떠나지 못한 채로. 그에 대한 감정을 추측게 할 그 어떤 단서조차 그에게 발설하길 망설이는 채로.

…

세월을 따라 각자의 선이 나아갔다. 만나진 못할지라도 백영의 선이 굽거나 끊어지길 바라진 않으며 나의 선을 이어 나갔다. 평행한 것처럼 보이는 선도, 무한대의 극한에서는 만날 수 있을지 모르니까. 무한은 이론적으로만 존재한다는 걸 알면서도 그런 가능성을 품곤 했던 이 무렵 나는, 나는….

이제는 그 감정을 정의할 수 있을지도 모르겠다.

하지만 지금 입 밖으로 소리 내어 말하는 것은 두렵다. 그렇기에 나는 이제 평행선의 끝을 바라보기 주저된다.

...

무심결에 부끄럽다고 웅얼거렸던 것은 나의 동기로부터 비롯한 것이 아닌 백영과의 관계로부터 비롯한 것이었다. 나는 내 동기가 부끄럽지 않았다. 문제가 된 건 다른 지점이었지. 이렇게 모호한 관계에서 이토록 사적인 얘길 꺼내도 되는 건가? 지금 이런 얘길 꺼내도 되는 건가? 관계에서의 다가감은 언제나 내게 어렵고 불편한 것이었다. 기대를 차단하기 위해 함부로 남의 경계에 들어가지 않는 삶을 반복했던 나로서는 내 동기를 말하길 주저하는 스스로의 심정조차 이해할 수 없었다.

이게 왜 부끄러울 일인지 그땐 알 수 없었으나 이제는, 지금에 와서는 알 것도 같다는 것이, 나를 혼란스럽게 한다. 지금에서야.

...

백영은 여전히 말이 많은 다정한 사람이었다.

점심 뭐 먹었어요, 이거 재밌대요, 여기 카페 가 봤나요, 어제 잘 들어갔나요, 거긴 이렇게 해야 된대요,

세미나 같이 갈래요, 저녁 같이 먹을까요, 도와줄 거 있나요, 있으면 기쁠 것 같은데, 그거 저랑 같이 하면 안 되나요, 역시 아는 사람이 편하네요, 서아 씨라 더 그런 것 같아요.

그 여전함이 마냥 싫지만은 않았다.

...

나는 결국 백영의 친절에 대한 이해를 포기했다. 감정의 유예조차도 없던 일로 덮은 채 모든 걸 이해할 수 있는 건 아니라면서, 백영을 백영 그 자체로서 정의하기로 했다. 그는 여전히 어떤 의문도 아무렇지 않게 만드는 이상한 힘을 가지고 있었다.

몇 해가 가쁘게 지나 프로젝트가 최종 절차만을 앞두고 있던 어느 날 나는 백영에게 나무로 조각된 작은 참새 모양 키링을 선물했다. 수다스러운 사람이 말을 멎은 채 오래도록 바라보는 대상을 본뜬 물건이니 선물로서 적합하지 않을까 싶었기에. 누군가와 선물을 주고받은 지도 꽤 오랜 시간이 흘렀기에, 인간 관계에서 선물이 가지는 의미를 다시 헤아리며 노력한 결과였다. 지금 이런 걸 건네도 되는 걸까? 같은 불안한 의문이 여전히 발목을 잡았지만, 그럼에도, 그러고 싶었다. 관계의 진전이라든가, 호감의 표시라든가 그런 거창한 의미는 아니었다. 그저 백영이 기뻐할 만한 무언가를 보여 주고 싶었다. 다행인지 백영은 예상대로 좋아했고, 나는 자신의 혜안에 내적으로 약간의 쾌감을 느끼며 하루 종일 백영이 키링을 들고 다니는 모습을 지켜보았다.

그리고 대파멸이 발생했다.

...

찰나. 찰나였다. 맥없이 발이 나아가는 대로 걸음을 옮기다 무의식적으로 도착한 연구소 앞에서, 경찰들의 통제 너머로 제 자식이 돌아오지 않는다며 통곡하는 사람의 눈빛이 시야에 스쳤다. 이끌리듯 다른 사람들의 절규가 귀에 꽂히기 시작했다. 그때, 내가 그 연구소의 연구원인 줄도 모른 채 누군가 내게 건넨 전단지에 묻어난 절망으로부터, 나는 헛구역질을 했다. 자신을 향해. 나는 중압감에 도망치듯 집으로 들어오자마자 가책을 씻어 내기 위해 여태껏 집중하지 않았던 수많은 먼 나라의 뉴스들을 눈과 귀에 담았고, 그리고 비로소 그때가 되어서야….

누구에게도 열어 주지 않으려 노력했던 나의 경계 안에 백영이 들어와 있음을 알게 되었다. 소중한 사람을 잃는다는 가정이 마침내 내게 와닿았다. 그런 사람들을, 백영을 차마 바라볼 수 없어 나는 더욱 깊은 곳으로 파고들었다.

...

그러니 도와줄래요? 같이 해요.

그럴 수 없다는 걸 지금은 안다. 나는 혼자 대공으로 향했으니까.

너를 구해야만 한다고 생각할 뿐이었는데, 너만이라도 더 이상 근심이 없는 세상에서 살아가길 바랐을 뿐이었는데, 나는 그때 무어라 대답했는지 기억하지 못한다.

*

대공 너머의 빛이 다가온다. 분명 다가가는 것은 양서아 본인일 텐데도 그 아득함에 주체가 전도된 것만 같다.

그사이 그립게도 사무치는 감정은 여전히 백영을 향한다.

양서아는 이제 무언가의 이유를 알 것 같았다.

그는 홀로 남은 워프 드라이브 우주선 속에서 처음이자 마지막으로 서럽게 웃었다. 매질 없는 우주에서 소리는 지구에 닿지 않을 텐데도, 백영에게 그 웃음의 의미가 닿길 바라며.

파트 -1

$$\frac{(Y-3)^2}{16} = \frac{c-(-d)}{64X-54Y} = i^2$$

$$\sqrt[5]{5-X} \qquad 25$$

$$\divideontimes \qquad y = 3\sqrt{\frac{X^5(5^5-X)}{\sqrt[5]{5-X}}}$$

$$\frac{X^5(5^5-X)}{\sqrt[5]{5-X}} \quad H \qquad \frac{(X-2)^2}{C+D} + \frac{15y^{152}}{25} = \frac{3}{m+3}$$

$$y = 3\sqrt{\frac{X^5(5^5-X)}{\sqrt[5]{5-X}}}$$

$$z^5 = \left(x - \frac{54}{92}\right)^2 + -9\left(x\right.$$

$$\frac{(X,Y,Z)^2}{64X-54Y} = \frac{C+D}{(X-2)^2} + \frac{16}{(Y-3)}$$

$$i^2 \quad \sqrt[5]{5-X}$$

$$\frac{(X-2)^2}{C+D} + \qquad 파트?$$

$$3\sqrt{\frac{X^5(5^5-X)}{\sqrt[5]{5-X}}}$$

$$= \frac{3}{m+3} \qquad \frac{(X-2)^2}{C+D} + \frac{(Y-3)^2}{16} = \frac{c-(-d)}{64X-54Y}$$

//수신 : 상세불명의 전자기파

[…분석 중…]

//추정 : TXT 파일

//제안 : EUC-KR

[해당 형식으로 불러오시겠습니까?]
[Y / N]

>> Y

[…불러오는 중…]

[완료]

파트 ?

[양 박사님께.txt]

상자를 받고 드디어 제대로 된 답장을 써요, 이걸 보내기 위해 저는 말도 안 되는 계획을 실행할 예정이고, 그 결과로 유치장에 갇힌다든가 연구원직을 박탈당한다든가 하는 상당한 징계를 받게 되겠죠.

네, 대공을 이용할 예정이에요. 대공 근처를 지나는 무인 화물선을 이용해서, 대공을 통해 이 편지를 담은 빛을 보낼 거예요.

그 과정에서 양 박사님의 아마추어 무전 장비도 이용할 거고요. 저는 양 박사님 생각보다도 더 로맨틱스트거든요.

하지만 그런 메시지를 보고 아무런 답도 하지 않을 수는 없잖아요.
"굿 바이, 투 백"이라니 어떻게 이럴 수가 있어요?

참새 키링을 옆에 두고 닿지 않을 메일을 수차례나 썼어요. '읽지 않음' 표시를 노려보며 박사님을 원망한 게 몇 번인지 모르겠어요. 원래 예측할 수 없는 사람이었다지만, 이성으로 헤아려도 감정으로 받아들일 순 없더라고요. 그래서 결국 이런 짓까지 하고 있네요.

차라리 원망만 했다면 다행일 거예요. 욕하고 싶다

고 말하기도 했지만 속으로 욕도 꽤 했거든요. 뭐 이런 사람이 다 있어? 하고.

그런데요, 그 모든 잘못을 합리화하려는 건 아니지만요.
양 박사님이 제게 아무런 인상도 남기지 않은 사람이었다면 이렇게까지 화 안 냈을 거예요.

박사님을 탓하는 건 너무 바보 같은 짓이겠죠. 그냥요. 제가 박사님을 제가 아는 것보다도 더 가깝게 생각했나 봐요. 뒤늦게 이런… 추잡한 행태까지 보이는 걸 보면 말이에요.

　양서아는 편지를 읽기 시작했다.

박사님이 안 보실 메일에선 그렇게나 할 말이 많았는데, 막상 제대로 닿을지도 모르는, 제대로 된 걸 쓰려니까 말문이 계속 막히네요. 한 번뿐인 기회니까 최대한 많은 말을 전해야 할 텐데 말이에요. 동시에 부끄러운 얘긴 자중해야 하고.

…아닌가?
아니겠네요.

파트 ?

그럼 부끄러운 얘기나 해 볼까요.

처음 만났을 때 기억해요? 한창 대학원 다닐 때요.
와, 그때 저희 둘 다 스물네 살이었는데. 저는 이제
서른일곱 살이네요. 박사님도 그렇고요.

시간이 너무 빠른 것 같아요. 박사님이었다면 이런 얘
길 했겠죠? 뇌가 시간을 인지하는 기관이 나이 들수
록 퇴화해서, 같은 시간을 더 짧게 느끼게 된 거라고.
박사님의 말은 항상 뻔한 말들이 아니어서 좋았어
요. "그러게!" 같은 대답들. 박사님의 대답은 항상 제
예측에서 빗나가 있었죠. 그게 저에겐 조금 당황스
럽기도 했지만, 언제나 재밌었어요.
대답뿐이었을까요? 행동 자체가 이해되지 않을 때
도 많았어요. 뜬금없이 참새 모양 키링을 내민다든
가. 아 참, 그거 아직도 가지고 있어요. 무심결에 잃
어버렸던 날엔 근처 쓰레기통을 다 뒤졌다니까요.

아무튼, 저는 보였거든요. 이 사람은 서툰 사람이구나.
(미리 말하지만, 제가 그런 사람만 골라서 호감을 갖
는다든가 하는 사람은 아니에요.)

그 서툰 행동들 사이에서 작은 의문을 보았어요.
나도 다른 사람들처럼 자연스럽게 살고 싶은데, 왜
이렇게 어렵지?

양서아는 먼 과거를 돌아보았다.

그런데요, 박사님.
자연스럽다는 것의 정의가 뭘까요?

…이런, 원래 이런 거 따지는 사람이 아니었는데.
박사님한테 옮았나 봐요.

이왕 부끄러운 얘길 꺼내기로 했으니, 제게도 부끄
러운 얘길 해 볼게요.
저도 원래부터 붙임성 좋은 성격은 아니었거든요.
이건 좀 재밌는 얘기죠?

항상 소심하게 위축되어 있고, 자신감 없이 내 행동
하나하나가 어긋난 것만 같고, 그래서 잠들기 전마
다 오늘 하루 동안 말실수한 건 없는지, 적절한 반응
을 보이지 못했던 적은 없는지 불안해하며 의심하
고 후회하고, 아무리 살펴봐도 내가 잘못한 건 없는
것 같은데, 만났던 사람들이 전부 나와는 마지못해
어울려 주는 것만 같고, 아무리 둘러봐도 내가 적절
히 서 있을 자리는 없는 것만 같고, 내가 없는 무리
의 모습이 더 자연스럽고 행복해 보이고.

이런 생각 많이 했어요.
바뀌려고 엄청 노력했죠. 다른 사람들이 좋아하는

파트?

내가 될 수 있게끔.

　양서아는 한때 선망했던 가치를 생각했다.

힘들었어요. 10년이 조금 넘게 그런 성격으로 살았는데 어떻게 사람이 하루아침에 바뀌겠어요?
사회성이라곤 눈곱만큼도 없는 사람이 자신감과 자존감도 없이 나댄다는 소리나 듣곤 했죠.
심했죠? 어우, 지금 봐도 심하네요.

그런데 그렇게 애를 쓰고 주변에 사람들이 많아졌어요. 그리고 얻은 결론은 하나였어요.
그럴 필요 없었다는 거요. 굳이 무리해서 바뀔 필요가 없었다는 거.

나를 깎아내릴 사람들은 내가 어떤 모습이어도 깎아내리더라고요. 나와 맞지 않는 사람들도 마찬가지로, 내가 어떤 모습이어도 맞지 않았고요.

타인이 원하는 내가 될 필요 따위 없다는 걸요.
내가 원하는 내가 되면 되는 거라고.

이런 얘길 왜 하냐면,
박사님은 언제나 박사님으로 계셨거든요.

어려워할지언정 부끄러워하지 않았고, 무서울지언정 피하지 않았어요.
이젠 알 것 같아요. 양 박사님의 그런 모습을 동경했던 것 같아요.

　　양서아는 옅은 미소를 짓기도 했다.

떠나는 그날마저 박사님다웠던 거 알죠?
연구소의 그 누구도 그런 결정은 섣불리 내리지 못했을 거예요.

다들 어쩔 줄 모르고 있는 사이 적극적으로 행동한 건 박사님뿐이었죠.
그걸 안다고 박사님에 대한 원망이 가시진 않았지만, 밖으로 내비치긴 힘들어지더라고요.

위에서 동경이라고 말했죠. 사실 동경이 아니었던 것도 같아요.
지금 정의하긴 조금 무섭네요.
이런 중요한 때에도 주저하는 저는 역시 겁쟁이인가 봐요.
어차피 답장은 오지 않겠지만, 그래도 읽을지 모르는 거잖아요. 양 박사님 입장은 또 어떨지 모르는 거고….

　　　　　　　　파트 ?

…부끄러운 얘길 하자고 했지만 정말 부끄럽네요.
이 정도면 이제 아실 것 같아요. 그러니 직접 언급하
진 않을게요.

양서아는 결국 큰 웃음을 보였고,

사실, 이제 뭘 해야 할지는 잘 모르겠어요.
언제나 박사님의 뒤를 쫓아 왔던 것 같은 느낌이 들
거든요.

아직 많은 게 무서워요. 대공도, 대파멸도, 사람들
도, 박사님이 없는 이곳도.
두려운 게 아니라 참을 수 없이 외로운 것도 같네요.
이것도 모르겠어요. 완전히 방향을 잃은 듯한 느낌
이에요.
유일하게 떠오른 일이 박사님께 이걸 보내는 일이
었고요.
뒷일도 감당 가능할지 모르겠어요. 정말이지 알 수
없는 게 너무 많네요. 이 나이를 먹고도.

나이… 라.
우리는 대체 언제 성숙해질 수 있는 걸까요?
죽기 전까지 세상의 모든 걸 깨닫는 게 가능한 일이
긴 할까요? 저는 아니라고 생각해요.

살아 있는 한 세상은 변할 테고 새로이 배워야 할 것
들도 계속해서 생겨나겠죠.
그럼 우리는 언제까지나 어리숙한 채인 거겠네요.

　양서아는 곧이어 울음을 터뜨렸다.

완숙을 주장하는 것보단 겸손한 태도로 삶을 대하
는 게 더 낫다고 생각해요.

대단한 일은 할 수 없을지라도,
끝내는 포기하지 않는 것이요.

그 과정에서 상처 입고 아파할지라도,
결국엔 실패할지라도,
마지막에 웃을 수 있었으면 좋겠어요.

　양서아는 눈물이 흐르는 뺨에 힘을 주어 보았다.

이 이야기 끝에서도, 우리가 웃을 수 있었으면 좋겠
어요.

파트 ?

그러기 위해 이 편지를 쓰는 것만 같다는 느낌이 문득 들었어요.

…좋아했다고, 좋아한다고, 좋아할 거라고 말해도 될까요?

양서아는 지금 행복했으며,

이토록 짧은 찰나를 스쳐 가는 우리에게도, 이렇게 마음을 전할 기회를 주는 이 우주는 참 너그럽네요.

슬슬 대공이 안정적으로 전할 수 있는 용량에 달하고 있어요.
아, 막상 쓰고 나니 할 말이 더 많은데. 아직 적지 못한 게, 전하지 못한 게 많은데.

괴롭겠지만 나아가 볼게요.
그곳까지 닿을 수 있도록 애써 볼게요.
부끄럽지 않은 사람이 되도록 해 볼게요.
박사님의 뒤에서가 아닌 곁에서 걸을 수 있는 사람이 될 수 있도록 노력해 볼게요.

바로 변할 수는 없겠죠. 아주 오랜 시간이 걸릴지도 몰라요.

…그러니 제발 돌아와 주시면 안 될까요?

　양서아는 동시에 후회를 느끼다가도,

…감정을 조금 추스르고 왔어요. 그렇지만 저 문장을 지우진 않을래요. 말하고 싶어요. 전하고 싶어요.

닿을 수 있으면 좋겠어요.
만날 수 있으면 좋겠어요.

안녕히…
부디 안녕하시길 바랄게요.

　백영 드림

　양서아는 끝내 웃었다.

파트 ?

파트 3.141592⋯

[양 박사님께]

저번 편지로부터 1년 정도 시간이 흘렀네요. 잘 지내시죠?

박사님의 마지막 편지를 보았어요. 홀로그램에 숨겨져 있던 '진짜' 편지 말이에요.

우려하신 대로, 우주국은 엉뚱한 해석을 내놓고는 그걸로 대공을 닫으려 했었어요. 정말 다 망할 뻔했죠. 불행 중 다행인지 우주국엔 제게 보내 주신 첫 번째 상자를 제외한 모든 상자들이 모여 있었어요. 저는 그 자리에 난입해서 홀로그램 속 편지를 보여 주었고, 약간의 치열한 논쟁이 오가다가 결국은 모든 상자를 올바른 순서로 배열해 보기로 했죠.

그렇게 나타난 대공의 올바른 폐쇄법은 누구도 의심할 수 없을 정도로 정교했고 완벽했어요.

파트 3.141592…

그럼에도 '우주국의 높으신 분들'은 그로부터 한참을 더 허례허식으로 시간을 보냈고, 결국 보다 못한 유성원 본부장님께서 웜홀 기술 연구소의 연구원들을 모아 독단적으로 대공을 닫으셨지요. 그 모습이 어찌나 재밌었던지. 양 박사님도 이걸 보셔야 했는데. 박사님이라면 분명 지휘하는 쪽이 아닌 행동하는 쪽에 차출되셨을걸요?

어쨌거나요.
대공이 끝내 닫히던 순간의 빛을 차마 잊을 수 없어요. 어찌나 찬란하고도 아련하던지. 마치 빅뱅을 바라본다면 이런 모습이었을까 싶기도 했다니까요.

지구는 이제 평화로울 거예요.
아직 혼란스럽지만 말이에요.

대공이 닫혔으니 이 편지를 보낼 방법은 없지만, 마음은 닿을 거라고 믿을래요.
…너무 비과학적일까요? 마음 같은 걸 믿게 되다니. 별일이네요.

마음이 현실의 인과에 개입하지 못한다고 해서, 마음을 갖는 일이 무의미할 거라 생각하진 않게 되었어요.
무의미하다면 너무 잔인할 것 같아요. 되돌릴 수 없

는 것에 한 줌 추모를 얹는 게 부질없다면 사람들의 마음은 하릴없이 바스러지고 말겠죠.

그러니 우리는 이토록 차가운 물질세계에서 비물질적인 것들의 가치를 바로 보아야 한다고 생각해요.

음, 크게 신경 쓰지 마세요. 저 자신에게 하는 말이에요.
마음의 가치를 얕보고 있었거든요, 줄곧.

이성이 모든 걸 해결할 수는 없지만 감정이 개입하는 순간 모든 일은 어그러질 거라고만 생각해 왔어요. 그래서 줄곧 도망쳐 왔고요. 도저히 그들의 감정을 마주 볼 수 없었어요. 제가 감당할 수 있는 일이 아니라고 생각했죠.

비겁하게도 계속 외면해 왔어요. 당신만을 바라보며 제게 주어진 책임을 당신에게 함께 짊어지길 권하기도 했죠. 그게 부담이 되어서 당신이 떠났을까 되도 않는 이유로 자신을 혐오하기도 했었어요.

그래서 모든 일을 아예 없었던 것처럼 되돌리려고 했죠. 무모하게.
아무도 증명하지 않으려던 영역으로 향했어요. 그땐 스트레스가 너무 높았는지 별로 자각하지 못했는데, 지금 돌아보니 말 그대로 죽을 뻔했더라고요. 매

파트 3.141592…

단계 하나하나가 고초였어요. 예전 같았으면 할 수 없는 일이었죠. 그야말로, 얼마나 도망치고 싶었던 건지, 그걸 이제는 알겠더라고요.

그리고 정말 부끄럽게도, 사적인 이유도 컸죠. 대파멸 전날에 울고 있는 저를 발견했다고 했죠. 저도 그땐 뭔 일인가, 귀신인가 도플갱어인가 싶었어요. 이젠 알죠. 그건 저였다는 걸. 양 박사님은 이미 눈치채셨을지도 모르겠지만요.

정말 '한'이랄까요, 그런 게 계속해서 휘몰아치는데, 그래서 바보 같은 말만 내뱉었어요. 박사님은 우문에 현답으로만 답하시더라고요. 박사님은 바뀌지 않을 사람이었어요. 그 굳은 불변성이, 심지가, 박사님을 좋아했던 이유를 상기시켜 줘서요.

기뻤어요. 모든 게 뒤바뀌다 못해 뒤엎어진 상황 속에서도 박사님만큼은 그대로였구나. 그랬기에 행동한 거구나.

아니, 아니에요. 그건 자신에 대한 긍정과 그로부터 오는 자신감이었겠죠.

저번에도 말했듯 변화는 필수적인 게 아니니까요. 현상에 만족한다면, 그로써 무언가 바라는 걸 해낼 수 있다면 그대로 있어도 되는 거겠죠.
저는 그럴 수 없었기에 바뀌어야만 했고요.

과거에서 돌아온 직후 박사님의 마지막 편지를 읽게 되었어요.
그리고 박사님의 시선을 느꼈어요.
지금까지는 이기심으로 행동해 왔지만 그 다음은 달라야 했고, 실제로도 달랐어요.

박사님의 시선을 쫓아 다른 누군가의 아픔을 쥔 채 우주국을 뒤엎었어요. 상자를 들고 소리쳤어요. 여기 양서아 박사의 마지막 증명을 완성할 열쇠가 있다고.

그리고 불변할 것 같던 미래는 바뀌었죠.
과거는 그대로였지만요.

지금 이 순간도 언젠가 과거가 되어 불변하는 역사로써 세계에 안정성을 만들고, 새로운 미래를 만들어 가겠죠.
역동하는 세상이 안정될 거라 생각하진 않아요. 굴곡은 당연한 거니까요.
중요한 건 그 굴곡에서 어떻게 행동할 것인가 하는 것이죠.

그 모든 걸 박사님으로부터 배웠어요.

파트 3.141592…

어차피 대공은 닫혔지만, 그렇기에 이 편지를 바로 읽으실 순 없겠지만….

그래도 빛을 보낼게요.
기대하는 마음으로요.
계속해서 보낼 거예요. 제가 과거에도 다녀올 수 있었잖아요? 이 우주엔 말도 안 되는 일이 계속해서 일어나니까.

말도 안 되는 우리 이야기가, 엇갈렸을지라도 끝내 맞닿은 것처럼요.

백영 드림

추신. 양 박사님 진짜 참새 닮은 거 아세요?

파트 3.141592…

작가의 말

데뷔작에 "좋은 로맨스였다"는 소리는 종종 들어 봤지만 본격적으로 로맨스를 써 보자고 제안을 받은 건 《마지막 증명》이 처음이었습니다. 아마 앞으로 오랜 시간 동안은 본격 로맨스를 쓸 일이 없지 않을까요. (웃음) 나름 은은한 로맨스를 지향하는 사람으로서[6] 이런 원고를 쓰는 건 도전에 가까웠습니다. 사람이 어떻게 쉬운 일만 계속 해서 발전하겠는가, 하며 '가 보자고!' 마인드로 제안을 수락했던 기억이 납니다. 고로 《마지막 증명》은 제 작품들 중 가장 이례적인 작품이 되지 않을까 싶습니다.

본 작품의 원안이 된 단편 〈마지막 선물〉은 본래 이틀 만에 초고가 쓰였음에도 한국물리학회 SF 어워드에서 가작을 수상한 작품이었습니다. (정말 여담이지만 저는 한국물리학회의 회원이기도 하고요.) 그것만으로도 운을 다한 작품이라고 생각했죠. 그 때까지만 해도 〈마지막 선물〉에서의 백영-양서아 간 감정은 동료에 대한 존경과 동경에 가까울 뿐 사랑과는 거리가 멀다고 생각했습니다. 그런 작품에서 로맨스라는 가능성을 발굴해 주시고, 최초 제안부터 완고까지 1년 반에 가까운 시간 동안 격려와 함께 작품을 성장시켜 주신 신지민 PD님께 이 자리를 빌려 감사를 드립니다. 원래 시놉시스고 트리트먼트고 잘 쓰지도, 보지도 않는 타입인지라 기획서가 적

---

6) 게다가 저는 로맨스 웹툰을 볼 때도 메인 커플이 100화까지는 전문용어로 '맞관 삽질'을 하다 100화가 넘은 시점에 비로소 사귀기 시작해야 "합격!!!"을 외치는 로맨스 서사충입니다. "나는 그래도 일단 서사를 봐야 한다고 생각해."

많이 거칠었음에도 믿고 작업을 맡겨 주신 안전가옥 팀에도 감사를 드립니다. 앞서 도전이라고 언급했듯, 혼자서는 《마지막 증명》이 이렇게 좋은 모습으로 완성되지 못했을 겁니다. "로맨스는 여지가 아니라 확신을 줘야 한다"고 신지민 PD님께서 조언해 주신 게 특히 기억에 남네요.

그러므로 《마지막 증명》은 SF로맨스가 아닌 로맨스 SF라고 생각합니다. 로맨스적 감정선을 위해 기존의 설정까지 바꿔 가며 집필했으니까요. 〈마지막 선물〉의 확장이긴 하지만, 원래의 〈마지막 선물〉과는 다른 가능성의 작품으로 생각해 주시면 좋을 것 같습니다.

'물리적으로 만나지는 못하지만 마음만은 끝내 만나는' 이야기를 언젠가는 쓰고 싶다고 생각해 왔습니다. 모든 사랑의 형태가 물리적 근접이나 접촉을 포함할 필요 혹은 의무는 없는 것이니까요. 결국 가장 중요한 것은, 영이가 마지막 편지에서 말했듯 마음이라고 생각합니다. 물질적인 것은 마음을 증명할 수 있는 수단 중 하나에 불과할 뿐이죠. 증명되지 않았지만 정설로 받아들여지는 이론도 많답니다. 마음 역시도 그런 유의 것이 아닐지요. 실재적인 근거가 존재하지 않더라도, 그저 바라보는 것만으로 확신을 전해 주는 것들이요.

쓰면서 가장 많이 느꼈던 건, 사랑은 정말이지 가장 강렬하면서도 무책임한 감정이라는 겁니다. 여기서 무책임이라 함은, 사랑하는 상대방에 대한 무책임이 아닌 다른 이들과 세계에 대한 무책임을 뜻합니다. 작중에서 백영과 양서아가 세상에 벌인 무책임을 생각해 보시면 좋을 것 같습니다. 얼마나 당돌하게 사랑이라는 이름하에 광역 민폐를 끼쳤는지요. (사실 툭하면 우주가 멸망하는 SF에서 이 정도면 그렇게 민폐도 아니지만요.) 결국 모두 수습하는 걸 전제로 하고 당장은 눈감아 주는 수밖엔 없었습니다. 그리고 둘 다 멋지게 수습해 냈죠! 이렇게 보면 결국 책임으로 돌아옴으로써 소임을 다하는 감정이라고 생각하게 됩니다.

마지막으로 영이와 서아의 이야기를 함께해 주신 독자님들께 감사 인사를 드립니다. 책 한 권이 출간되기까지는 생각보다 많은 사람들의 노력이 필요합니다. 여유가 되신다면 책의 맨 마지막 판권면에 적힌 이름들을 시간 내어 읽어 주셨으면 하는 바람입니다. 모두 멋진 분들이십니다.

그 모든 인고를 거치고도 결국 작품의 가치는 문학상 같은 권위가 아닌 독자에 의해 결정된다고 생각합니다. 많은 작품이 발굴되고 사라지길 반복하는 시대에 《마지막 증명》과 함께해 주셔서 감사드립니다.

엇갈리는 모든 마음이 서로 만나길 바라며
이하진 드림

작가의 말

프로듀서의 말

로맨스 장르를 굳이 정의하자면 어떤 두 사람이 우여곡절 끝에 사랑을 확인하는 이야기라고 할 수 있을 겁니다. 사랑에 빠질 것 같지 않은 두 사람이 만나고, 서로를 오해하거나 라이벌의 등장으로 마음이 닿지 않다가 결국 마음을 확인하고, 다시 어떤 장애물에 의해 헤어진 뒤 끝내 다시 만나는 이야기가 로맨스의 공식이기도 하고요. 《마지막 증명》은 이런 면에서 로맨스로 분류하기엔 어려운 조건인지도 모릅니다. 두 사람은 이야기가 진행되는 '현재' 시점에서는 한 번도 만나지 못하고, 서로의 마음을 확인하는 순간의 시공간은 너무나도 떨어져 있으며, 끝끝내 영원히 만날 수 없는 선택을 하는 이야기니까요.

　하지만 저는 로맨스의 가장 중요한 요소는 서로를 성장시키는 사랑이라고 믿습니다. 그리고 《마지막 증명》은 백영과 양서아가 서로를 더 크게 안아 줄 수 있는 사람이 되는 그런 이야기고요. 작가님 표현에 따르면 '물리적으로 만나지는 못하지만 마음만은 끝내 만나는' 이야기이기도 합니다.

　한국물리학회 SF 어워드 수상작이었던 단편 〈마지막 선물〉을 우연히 읽고, 이 넓고 넓은 우주를 향해 일방적으로 편지를 보내고 있는 인물에게 강렬한 로맨스의 기운을 느꼈습니다. 편지와 편지 사이에 숨어 있는 말들을 상상하며 아직 명확히 그려지지 않던 백영과 양서아를 떠올려 보았어요. 이하진 작가님께 이 작품을 확장해서 SF로맨스로 만들어 보자고 제안했을 때,

프로듀서의 말

흔쾌히 수락하시면서도 어딘가 낯설어하던 작가님의 얼굴이 떠오릅니다.

〈마지막 선물〉이 《마지막 증명》이 되어 가는 과정을 지켜보는 일은 몹시 즐겁고 흥미로웠습니다. 100년 뒤 미래, 22세기에 살던 주인공들은 조금 더 우리와 가까운 시대의 누군가(아마도 지금의 10대)가 되었고, 평화로웠던 지구는 대파멸이라는 재난을 겪게 되었죠. 백영과 양서아라는 인물이 구체화되면서 그들은 각자가 할 수 있는 선택들을 하며 앞으로 나아갔고, 저는 아련하게 그 뒷모습만을 좇아갔습니다.

두 사람이 만날 수 없는 로맨스이지만, 그 애절한 감정만은 전달해야 했기에 저는 백영이 되었다가 양서아가 되어 이야기를 읽어 나갔습니다. 이하진 작가님이 직접 작곡한 《마지막 증명》 테마곡을 틀어 둔 채 원고를 읽다 보면, 저도 우주 어딘가에서 편도 우주선을 탄 것 같은 기분이 되곤 했어요. 덕분에 백영과 양서아의 감정에도, 그들이 사랑했던 우주 공간에도 더 깊게 빠져들 수 있었습니다.

수정고를 몇 번이나 읽어 모든 내용을 알고 있었음에도, 최종고를 덮는 순간 눈물이 울컥 쏟아졌어요. 어쩌면 그제야, 받지 못할 걸 알면서도 편지를 보내는 백영의 그 마음이 어슴푸레 잡히는 것 같았습니다. 혹여 답답하게 느껴질지 모르는 두 사람의 애잔한 마음이 독자 여러분들께는 어떻게 다가갈지 궁금합니다.

새로운 시도에도 거침없이 도전하며 멋진 작품을 써 주신 이하진 작가님께 감사드립니다. 저의 읽는 속도 가 더디게 느껴질 만큼 성실히 원고를 주서서 상대적 시간이 다르게 흐르는 건 아닌지 의심할 정도였습니 다. 이야기에 확신과 응원을 주는 안전가옥 스토리 PD 들과 비전공자인 저에게 여러 가교 역할을 해 준 반에 게도 고마움을 전합니다.

언젠가 닫힌 대공 너머로 서로를 만날지도 모르는, '엇갈렸을지라도 끝내 맞닿은' 두 사람을 그려 보며.

안전가옥 스토리 PD
신지민 드림

프로듀서의 말

마지막 증명

지은이	이하진
펴낸이	김홍익
펴낸곳	안전가옥

기획	안전가옥
프로듀서	신지민
	김보희 · 이수인 · 이은진 · 임미나
퍼블리싱	김하얀 · 박혜신 · 임수빈
편집	한우주
디자인	금종각
서비스 디자인	김보영
비즈니스	이기훈
경영지원	홍연화

출판등록	제2018-000005호
주소	(04779) 서울특별시 성동구 뚝섬로1나길 5, 헤이그라운드 성수 시작점 202호
대표전화	(02) 461-0601
전자우편	marketing@safehouse.kr
홈페이지	safehouse.kr
ISBN	979-11-93024-48-5
초판 1쇄	2024년 1월 30일 발행
초판 4쇄	2025년 1월 10일 발행

안전가옥 쇼-트 시리즈